Ragnar Jónasson · Wintersturm

Ragnar Jónasson

WINTERSTURM

THRILLER

*Aus dem Isländischen
von Anika Wolff*

btb

*Für Kira, Tómas
und meine Mutter im Jahr ihres runden Geburtstags*

»Dann ist alles Winterleid vergessen.«
Þ. Ragnar Jónasson (1913–2003)
Der Frühling kehrt ins Tal zurück
(Geschichten aus Siglufjörður)

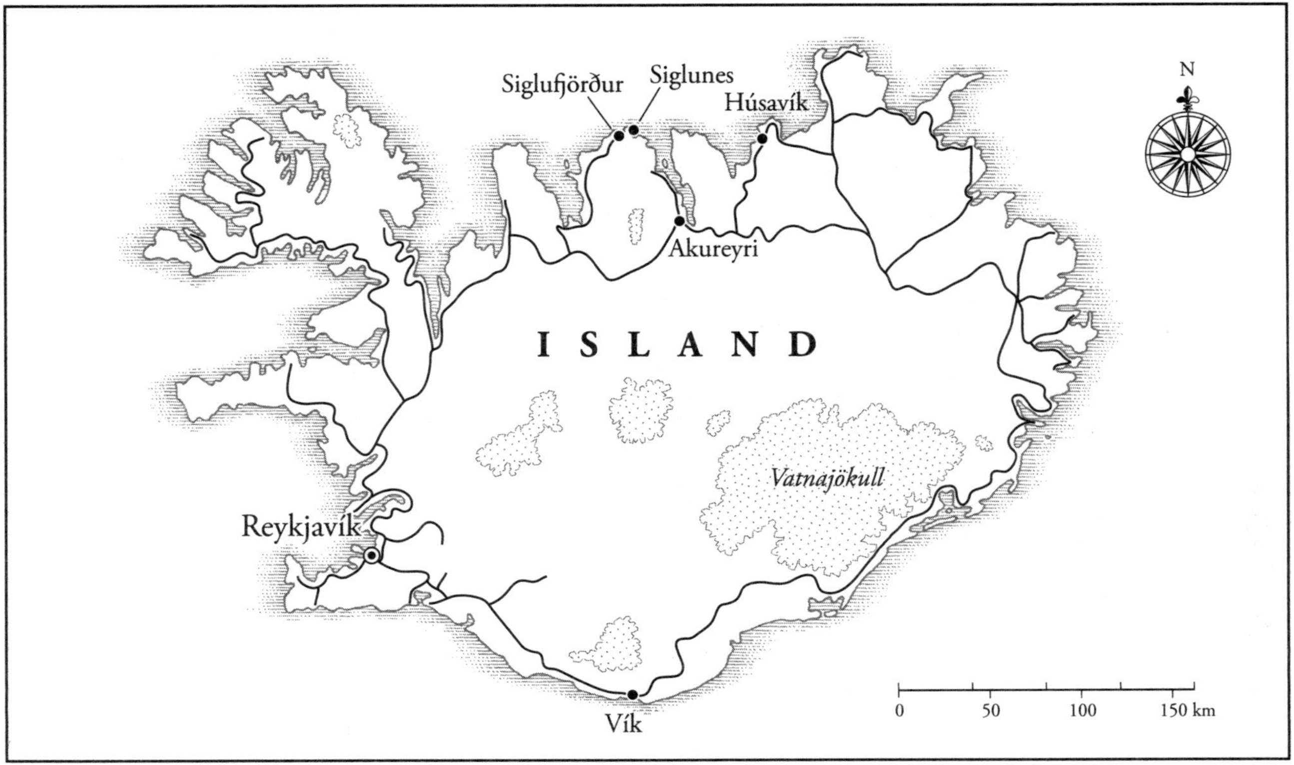
N
Siglufjörður
Siglunes
Húsavík
Akureyri
I S L A N D
Vatnajökull
Reykjavík
Vík
0
50
100
150 km

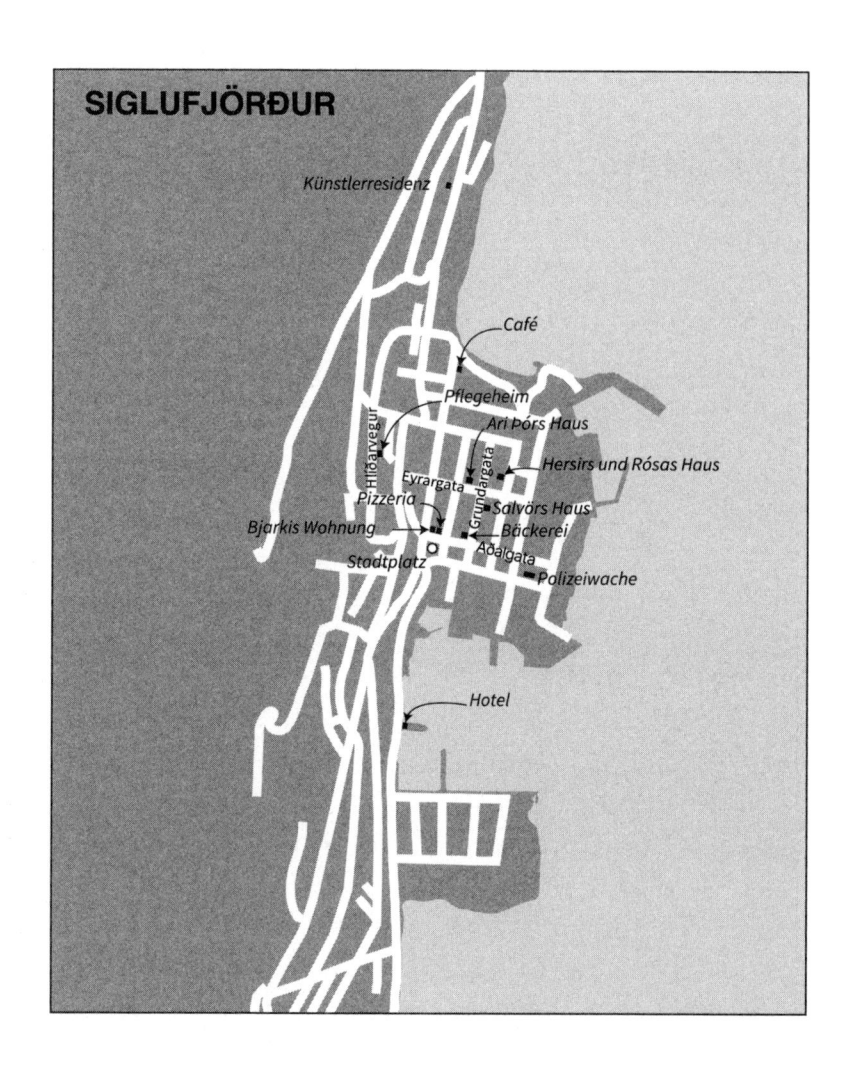

SIGLUFJÖRÐUR

Künstlerresidenz

Café
Pflegeheim
Ari Þórs Haus
Hlíðarvegur
Eyrargata
Hersirs und Rósas Haus
Pizzeria
Grundargata
Salvörs Haus
Bjarkis Wohnung
Bäckerei
Stadtplatz
Aðalgata
Polizeiwache

Hotel

GRÜNDONNERSTAG

1

»*Polizei Siglufjörður. Ari Þór Arason.*«
Am Telefon war jemand von der Notrufzentrale.
»*Wir haben gerade einen Anruf aus Siglufjörður erhalten. Sind Sie im Dienst?*«

Im Sommer gingen in Siglufjörður Tag und Nacht nahtlos ineinander über, hatten die Nächte weder einen Anfang noch ein Ende. Für Ari war das die beste Jahreszeit, da konnte ihn nichts aufhalten.

Und dann kamen die langen Winternächte und der Schnee.

Ari hatte alles versucht, um einzuschlafen, aber es klappte einfach nicht. Er nutzte immer noch das große Schlafzimmer im Haus in der Eyrargata. Darin hatte er mit Kristín und dem kleinen Stefnir geschlafen, bevor sie ausgezogen – oder vielmehr ausgewandert waren, bis nach Schweden.

Damals hatten ihm die Schneemassen richtig zugesetzt, aber man gewöhnte sich an alles. Inzwischen befiel ihn nur noch selten dieses klaustrophobisch beklemmende

Gefühl, und Heimweh nach Reykjavík hatte er eigentlich auch nicht mehr. Der Süden Islands erlebte eine neue Zeit des Wohlstands, was diesmal erstaunlicherweise bis hier in den entlegenen Norden zu spüren war. Im Sommer strömten Touristen in die Stadt, isländische wie ausländische, und auch im Winter war der Ort gut besucht, dann allerdings hauptsächlich von Isländern, die zum Skifahren kamen. Die Osterfeiertage waren besonders beliebt dafür, und auch dieses Jahr stand ein schönes Wochenende auf den Pisten in Aussicht.

Ari war schon jenseits der dreißig, aber in gewisser Weise stand er wieder ganz am Anfang. Lebte allein und sah seinen Sohn viel zu selten. Dass sich die Beziehung mit Kristín noch einmal kitten ließ, glaubte er nicht, der Zug war abgefahren.

Immerhin hatte er eine gute Alltagsroutine gefunden. Er hatte jetzt den Chefposten inne, war der Herr der Polizeiwache. Dieser Job war lange sein Ziel gewesen. Jetzt, wo er ihn sicher hatte, musste er überlegen, ob er es dabei belassen oder ob er noch weiter auf der Karriereleiter nach oben klettern wollte. Was in Siglufjörður allerdings schwierig werden würde. Selbst wenn er seinen Job gut machte, bekam kaum jemand etwas davon mit.

Tómas, Aris ehemaliger Chef, hatte ihn damals ermutigt, es ihm gleichzutun und auch nach Reykjavík zu ziehen, und ihm versprochen, dass man ihn gut aufnehmen würde. Doch Tómas' letzter Überzeugungsversuch lag bereits einige Zeit zurück, und Ari war sich nicht sicher, ob das Angebot noch stand. Außerdem durfte er nicht vergessen, dass Tómas schon ein älteres Semester war. Sobald er pensioniert wurde, verlor Ari seinen Fürsprecher bei der Hauptstadtpolizei. Wenn er dieses Zeitfenster verpasste, kam er bestimmt nicht mehr so leicht aus dem Norden weg.

Solche Gedanken beschäftigten ihn am ehesten in schlaflosen Nächten wie dieser, während er tagsüber versuchte, sich auf das Hier und Jetzt zu konzentrieren und diese Entscheidungen weit wegzuschieben, obwohl er natürlich wusste, dass sie irgendwann unweigerlich anstanden. Möglicherweise entschied er sich dann sogar dafür, in Siglufjörður zu bleiben, aber darüber musste er sich erst einmal in Ruhe klar werden.

Und Ostern ließ ihm keine Zeit für solche Überlegungen, denn etwas richtig Schönes stand bevor: Der kleine Stefnir war auf dem Weg zu ihm. Er war inzwischen drei Jahre alt, seit Weihnachten, und Ari hatte ihn schon lange nicht mehr gesehen, noch nicht einmal in den Weihnachtsferien.

Vor etwa einem halben Jahr war Kristín zum weiteren Studium nach Schweden gezogen. Davon hatte sie immer geträumt, und Ari konnte ihren Entschluss gut verstehen, denn das isländische Medizinstudium genoss zwar einen ausgezeichneten Ruf, aber das Entscheidende war, dass man sich danach spezialisierte. Kristín hatte diesen Schritt lange hinausgezögert, und als es so weit war, hatten sie sich zusammen hinsetzen und über Stefnirs Zukunft sprechen müssen. Kristín hatte vorgeschlagen, dass er mit ihr nach Schweden ging, »für den Anfang«, und sie dann schauen würden, wie sie es in Zukunft handhaben. Sie versprach, während der Ferien nach Hause zu kommen, an Weihnachten und Ostern und wann immer es möglich war, und Ari wollte die Sommerferien in Schweden verbringen. Er hatte nicht ernsthaft gegen ihren Vorschlag protestiert, obwohl er es furchtbar fand, seinen Sohn nur so selten zu sehen. Aber er wollte keinen Konflikt mit Kristín heraufbeschwören.

Er drehte sich auf die andere Seite und suchte eine bequemere Position. Er brauchte seinen Schlaf. An diesem Gründonnerstag hatte er noch Dienst, danach begannen seine Osterferien. Heute Abend würde Kristín mit dem Jungen kommen.

Es ging schon auf drei Uhr zu, seit gut zwei Stunden wälzte er sich im Bett herum.

Schließlich gab Ari sich geschlagen und stand auf.

So ein Mist. Ausgerechnet wenn der Junge kam, wollte er nicht übernächtigt sein, aber die Sorge, nicht schlafen zu können, hatte ihn erst recht hellwach gemacht.

Im Schlafzimmer standen mehrere niedrige Regale voller alter Bücher, die er mit dem Haus übernommen hatte, da der vorherige Eigentümer offenbar kein Interesse daran gehabt hatte. In einige davon hatte Ari mal einen Blick geworfen, wenn er sich müde lesen wollte, und auch jetzt fiel ihm nichts Besseres ein. Ohne groß auszuwählen, griff er sich ein Buch und legte sich wieder hin. Doch er fand nicht die Ruhe zum Lesen, sondern dachte über das bevorstehende Wochenende nach und über die Tatsache, dass er seinem neuen Mitarbeiter Ögmundur zum ersten Mal die Wache anvertrauen musste. Ögmundur kam frisch von der Polizeischule und hatte noch ganz grün hinter den Ohren seinen Dienst hier im Norden angetreten, zwar unerfahren, aber motiviert. Seit Ari die örtliche Polizeiwache leitete, hatte er sich mit Verstärkung aus Ólafsfjörður oder Akureyri begnügen müssen und höchstens mal zeitweise einen eigenen Mitarbeiter gehabt. Jedes Mal neue Leute. Jetzt hatte man ihm endlich einen Unbefristeten bewilligt. Es waren mehrere Bewerbungen eingegangen, sogar von Polizisten mit deutlich mehr Erfahrung, aber schließlich hatte Ari sich für einen der frischen Absolventen entschieden. In gewisser Weise erkannte er sich selbst in Ögmundur wieder, obwohl sie sich nicht ähnlich waren. Und obwohl der Altersunterschied zwischen ihnen längst nicht so groß war wie zwischen ihm und Tómas, hatte er das Gefühl, dass nun er die Rolle des erfahrenen Polizisten übernommen hatte, der dem Neuling zeigte, wie der Hase lief. Wobei er zugeben musste, dass er mit seinem neuen Mitarbeiter noch nicht so richtig warm geworden war.

Nachdem viele weitere Minuten verstrichen waren und er seinen aufrichtigen Versuch, übers Lesen einzuschlafen, für gescheitert erklären musste, stand Ari auf, stieg die alte Treppe hinunter, nahm sich ein Glas Wasser und ein Stück Trockenfisch und blätterte durch die Zeitung vom Vortag. Es gab nur wenig Neues zu berichten, zumal die Meldungen ja auch schon wieder überholt waren. Das Interessanteste war noch der Wetterbericht, der für die Woche nach Ostern schlechtes Wetter im Norden vorhersagte. Wobei man hier sowieso jederzeit mit Schneestürmen zu rechnen hatte.

Es war wirklich ärgerlich, dass Ari nicht schlafen konnte – wenn das so weiterging, würde der Tag ein Kraftakt werden.

Nachts war die Polizeiwache in der Regel nicht physisch besetzt, sondern die Beamten schoben Bereitschaftsdienst. Diese Nacht war Ari dran. Aber die Nächte hier blieben meist ruhig, höchstens am Wochenende musste man mal ausrücken, wenn ein Betrunkener Ärger machte.

Ari hatte sich wieder ins Bett gelegt, immer noch hellwach, als das Telefon klingelte.

»Ein Passant hat eine junge Frau auf der Straße gefunden, sie scheint tot zu sein. Ein Rettungswagen ist unterwegs«, sagte der Mitarbeiter vom Notruf mit kontrollierter und fester Stimme.

Ari sprang auf und eilte die Treppe hinab, das Telefon zwischen Wange und Schulter geklemmt. »Wo?«

»In der Aðalgata.«

»Wer hat sie gefunden?«

»Der Mann heißt Guðjón Helgason. Er sagt, er wartet vor Ort auf die Polizei.«

Der Name sagte Ari nichts.

Zwei Minuten später hatte er seine Uniform an und trat auf die Straße. Der Polizeijeep stand wie immer an der Wache, aber auch zu Fuß war es nur ein Katzensprung zur Aðalgata. Es war beißend kalt, aber windstill und der Himmel sternenklar; die Unendlichkeit der Nacht wirkte anders als im Sommer, ferner, schwerer.

Ari bog um die Ecke und erreichte im selben Moment wie der Krankenwagen die Unglücksstelle auf der Aðalgata, die einen furchtbaren Anblick bot.

Auf dem Bordstein lag eine junge Frau in ihrem Blut, und ihre eigenartig verrenkte Position ließ darauf schließen, dass sie aus beträchtlicher Höhe gefallen sein musste. Es brauchte keinen Spezialisten, um festzustellen, dass sie tot war. Das Blut schien aus dem Kopf geflossen zu sein, mit Sicherheit war der Schädel zertrümmert. Ari trat näher heran und sah sie sich genauer an. Sie war noch jünger, als er zunächst gedacht hatte. Womöglich ein Teenager. Er rang um Atem.

Verdammt.

Ihre Augen standen offen, der Blick fern, als starrte sie ins Leere.

Ari wusste, dass ihn dieser Anblick noch lange verfolgen würde.

2

Manchmal ging Ari nachts spazieren, im Sommer wie im Winter, und fühlte sich wie in eine Zauberwelt versetzt, wenn das Dorf in diese friedliche Stille getaucht war. Auch jetzt spürte er diese Stimmung. Aber nur für einen kurzen Moment, dann holte ihn die Realität wieder ein.

Die Anwesenden schienen darauf zu warten, dass er etwas sagte oder tat, nur die Ärztin vom örtlichen Krankenhaus hatte schon losgelegt und beugte sich über das Mädchen. Außerdem waren noch zwei Sanitäter vor Ort, und etwas abseits stand ein Mann zwischen dreißig und vierzig, in einer Daunenjacke, mit Vollbart und Mütze auf dem Kopf. Das musste besagter Guðjón sein.

Ari stand regungslos da, in dem unangenehmen Bewusstsein, dass nun er die Verantwortung trug. Seine Zeit als Polizeikommissar von Siglufjörður war bisher ruhig verlaufen, Gott sei Dank war er vor Derartigem verschont geblieben. Die Tage auf der Wache plätscherten meist entspannt dahin. Wenn es hoch kam, musste er sich um einen Betrunkenen kümmern, um ein Verkehrsdelikt oder kleinere Drogengeschichten. Und jetzt lag dieses junge Mädchen tot auf der Straße. Er sah sie an, dann wanderte sein Blick zu dem Haus, vor dem er stand.

Es handelte sich um ein dreistöckiges Haus mit Spitzdach. Im Erdgeschoss war ein Geschäft, und in der ersten und zweiten Etage befanden sich vermutlich Büros oder Wohnungen. Das Dach hatte eine Gaube, und es gab eine Dachterrasse. Sehr wahrscheinlich war das Mädchen von dieser Dachterrasse gestürzt, so furchtbar diese Vorstellung auch sein mochte.

Die Ärztin stand auf, eine junge Frau namens Baldvina, die seit dem Jahreswechsel am Krankenhaus von Siglufjörður arbeitete. Dort gab es einen regen Wechsel in der Ärzteschaft. Die meisten blieben nur kurz und bewarben sich dann an größeren Krankenhäusern oder gingen – wie Kristín – zurück an die Uni, um sich weiterzubilden. Baldvina war ein paar Jahre jünger als Ari, aber wie er sie bisher erlebt hatte, kam sie ihm sehr professionell und versiert vor.

»Tja, sie ist definitiv tot. Wahrscheinlich haben wir es mit einem Sturz aus beträchtlicher Höhe zu tun.« Sie sah in Richtung des Hauses und sprach aus, was Ari dachte: »Möglicherweise von dieser Dachterrasse. Aber das herauszufinden, überlasse ich natürlich Ihnen. Dürfen wir die Leiche bewegen?« Ari hatte ein beklommenes Gefühl im Bauch. Das war der erste tragische Todesfall in seiner Zeit als Leiter der Polizeiwache.

»Ähm, ja, lassen Sie mich nur … ähm, nur noch kurz ein paar Fotos machen und … Wir müssen den Bereich

hier absperren, damit die Kollegen von der Spurensicherung ihre Arbeit machen können, wenn sie kommen ...«
Sie hatten gar keine andere Wahl, als die Leiche schnellstmöglich von der Straße zu entfernen. Dies war die Hauptgeschäftsstraße des Ortes, und bald brach der Morgen an. Außerdem konnten jederzeit neugierige Nachtschwärmer aufkreuzen, denen der Aufruhr sicher nicht entgangen war.

Ari machte ein paar Fotos mit seinem Handy und rief gleich danach Ögmundur an.

»Könntest du bitte in die Aðalgata kommen, jetzt sofort?«

Natürlich hatte Ari ihn geweckt. »Ja, ja, sicher«, stammelte er. Ögmundur war ein positiver Typ, vielleicht manchmal ein bisschen zu entspannt, aber die Arbeit hatte ihn bisher auch nicht wirklich gefordert. Der Winter war ausgenommen ruhig verlaufen, und Ari hatte seinen neuen Mitarbeiter geschont, damit er die Stadt kennenlernen und sich in seinem Tempo an die Kleinstadtstimmung gewöhnen konnte. Trotzdem hatte Ögmundur in der kurzen Zeit schon mehr Freunde in Siglufjörður gefunden als Ari in all den Jahren. Ögmundur gewann einfach schnell das Vertrauen anderer, was in ihrem Beruf natürlich half. Er war ein ehemaliger Fußballnationalspieler, oder wenigstens Junioren-Fußballnationalspieler, was für Ari kaum einen Unterschied machte. Jedenfalls kam Ögmundur über das Thema Fußball mit jedem ins Gespräch.

Ari schilderte ihm kurz die Ereignisse und ergänzte seine erste Einschätzung: »Wahrscheinlich ist das arme Mädchen von der Dachterrasse gestürzt. Die Frage ist, ob es ein Unfall war oder – tja, Selbstmord. Das müssen wir so schnell wie möglich herausfinden.«

Die Sanitäter hoben den Körper auf eine Trage und schoben ihn in den Krankenwagen. Zurück blieb die schaurige Blutlache auf dem Gehweg, das unangenehme Zeugnis dieser Tragödie. Der Schein einer Straßenlaterne fiel auf einen Teil des Schauplatzes und ließ das Rot heller leuchten, als man im nächtlichen Dunkel erwarten würde. Fast kam es Ari wie die Momentaufnahme einer Theaterbühne vor.

Er drehte sich zu dem Mann um, der die ganze Zeit still und mit gesenktem Blick im Hintergrund gewartet hatte.

»Hallo, sind Sie Guðjón?«

Der Mann nickte und nuschelte ein leises Ja.

»Ari ist mein Name, Polizeikommissar von Siglufjörður. Können Sie mir kurz schildern, was passiert ist? Sie waren es doch, der die Polizei informiert hat, oder?«

»Ja, ich … ich habe den Notruf gewählt, aber ich weiß nicht, was hier los ist. Echt keine Ahnung«, antwortete er ein wenig atemlos. Dabei strich er sich durch den Bart und blickte in alle Richtungen, nur nicht in Aris Augen.

Ari hielt es für am klügsten, keine weiteren Fragen zu stellen, sondern einfach abzuwarten. Seiner Erfahrung nach hatten Menschen, die unter Schock standen, das Bedürfnis, die Stille auszufüllen, indem sie redeten, erzählten. Was offenbar auch auf Guðjón zutraf.

»Also ich, ähm, ich habe sie da liegen sehen. Zuerst dachte ich, sie wäre vielleicht nur gestürzt, Sie wissen schon, gestolpert, und ich wollte ihr aufhelfen, aber dann habe ich … dann habe ich gesehen, dass sie tot ist. Da habe ich sofort den Notruf gewählt.«

»Haben Sie sie angefasst?«, fragte Ari nach einem kurzen Schweigen.

»Ich … ich weiß es nicht. Möglicherweise habe ich sie angestupst, aber es war ganz klar, dass sie tot ist.«

Ari nickte.

»Und haben Sie irgendjemanden gesehen?«

»Nein, überhaupt niemanden, ich war ganz allein. Ich war zu Tode erschrocken, als ich sie gefunden habe. Glauben Sie, sie ist da runtergesprungen …?«

»Darüber kann ich noch nichts sagen«, entgegnete Ari. Er sah den Mann an. »Es ist jetzt vier Uhr. Das heißt also, Sie waren hier um halb vier unterwegs. Ist das korrekt?«

»Ja, doch, das stimmt.«

»Warum?«

»Na, ich habe einen Spaziergang gemacht.«

»Mitten in der Nacht?« Ari klang nun schärfer.

»Ähm, ja, das Wetter war so schön … ist so schön, so klar, windstill, wissen Sie, die frische Meeresluft. Es gibt kaum etwas Schöneres als einen Spaziergang durch den Ort bei solchem Wetter.«

Ari war nicht überzeugt, obwohl er insgeheim zugeben musste, dass er genauso ticke, dass auch er gern nachts spazieren ging, um der Stille zu lauschen. Aber die verdammte Stille war so gerissen, dass sie sich nie wirklich packen ließ.

»Sie gehen also nicht nur am Tag, sondern auch nachts spazieren?«

»Ja, im Grunde bin ich nachts sogar lieber draußen, dann ist es noch ruhiger und friedlicher.«

»Wohnen Sie hier im Ort, Guðjón?«

Der Mann zögerte.

»Im Moment schon. Ich wohne in einer Künstlerwohnung, noch zwei Monate.«

»Hier in der Nähe?«

»Ja, am Meer, beim Schwimmbad.«

»Und sind Sie schon lange hier?«

»Seit dem Jahreswechsel«, antwortete Guðjón. Er schien sich in der nächtlichen Kälte zunehmend unwohl zu fühlen.

»Ah ja.« Ari wartete ab. »Welche Kunst denn?«

»Wie bitte?«

»Ich meine, mit welcher Kunst befassen Sie sich? Malerei? Musik?«

»Malerei, ja. Ich male, zeichne … Vielleicht haben Sie kürzlich meine Ausstellung gesehen, mit Zeichnungen von Siglufjörður.« Dann fügte er hinzu: »Eine Verkaufsausstellung.«

»Nein, die habe ich wohl verpasst. Kannten Sie sie?«

»Wen?«

»Das tote Mädchen.«

Guðjón erschrak. »Bitte? Nein, natürlich nicht. Ich habe

keine Ahnung, wer sie ist … wer sie war. Warum glauben Sie, dass ich sie kannte? Ich bin doch gar nicht von hier.«

»Aber Sie sind sich sicher, dass sie von hier war?«

»Ich … ich habe mit der ganzen Sache nichts zu tun, keine Ahnung, was Sie da andeuten, ich habe einfach nur die Polizei gerufen. Ich habe dieses Mädchen noch nie zuvor gesehen.«

»Sie müssen doch zugeben, Guðjón, dass Ihr nächtliches Herumschleichen Fragen aufwirft.«

»Ich bin Künstler, verdammt«, sagte er, als könnte er damit alles Erklärungsbedürftige entschuldigen. Dabei atmete er so hektisch, dass seinen Worten jegliche Überzeugungskraft fehlte. »Ich laufe nachts durch die Stadt, um Inspiration zu finden. Dann kehre ich zurück und zeichne, und ich schlafe tagsüber. Sie können … Sie können gern mitkommen und sich meine Zeichnungen anschauen. Dann sehen Sie, dass ich die Wahrheit sage.«

»Vielleicht später, ich muss ohnehin im Laufe der Ermittlungen noch einmal mit Ihnen sprechen. Könnten Sie morgen auf die Wache kommen, oder vielmehr nachher? Wir müssen Ihre Aussage zu Protokoll nehmen.«

Guðjón zögerte.

»Ist das denn nötig? Ich habe nichts getan. Wenn ich ehrlich bin, gefällt es mir nicht, so herbeizitiert zu werden.« Dann fügte er atemlos hinzu: »Wo ich doch bloß meine bürgerliche Pflicht erfüllt und die Polizei informiert habe.«

»Hier ist ein junges Mädchen gestorben, womöglich noch ein Teenager. Wir werden nicht umhinkommen,

Ihre Aussage zu protokollieren. Bei solchen Ermittlungen muss alles korrekt dokumentiert werden. Aber selbstverständlich habe ich keinen Grund zur Annahme, dass Sie tiefer in die Sache verwickelt sind, bitte verstehen Sie das nicht falsch«, fügte Ari hinzu, obwohl er sich da gar nicht mal so sicher war. Guðjóns Erklärung stellte ihn immer noch nicht zufrieden.

»Ganz genau. Ich hoffe, Sie haben nicht vor, einem arglosen Passanten etwas anzuhängen!«

In diesem Moment kam Ögmundur in seinem alten Mazda angefahren. Der kleine rote Sportwagen hatte in Siglufjörður bereits einige Aufmerksamkeit erregt. Den Winter über hatte Ögmundur ihn kaum nutzen können, aber an diesem Morgen waren die Straßen einigermaßen frei. Das Dach ließ sich aufklappen, aber auch dazu bot der Winter kaum eine Gelegenheit. Ögmundur parkte den Wagen und joggte zu Ari und Guðjón herüber.

»Hallo zusammen, ich bin so schnell gekommen, wie es ging. Glaubst du, sie ist gesprungen?« Er betrachtete die Blutlache und sah dann in Richtung der Dachterrasse.

»Das ist Guðjón ...« Ari zögerte.

»Helgason«, ergänzte der bärtige Künstler.

»Ja. Er war heute Nacht spazieren und hat die Leiche entdeckt. Er wird morgen auf die Wache kommen. Könntest du dann seinen Bericht zu Protokoll nehmen, Ögmundur?«

»Klar, das kriegen wir hin.« Er streckte die Hand aus und lächelte freundlich. »Hallo, Guðjón. Ich bin Ögmundur und arbeite hier für die Landpolizei.«

»Schönen Dank einstweilen«, sagte Ari förmlich zu Guðjón. Ögmundurs lockere Art nervte ihn, obwohl sie sich zugegebenermaßen oft als hilfreich erwies. »Dann spazieren Sie mal in Ruhe weiter, Guðjón«, fügte er leicht spöttisch hinzu. Nach dieser durchwachten Nacht schaffte er es einfach nicht, so frisch und munter wie Ögmundur daherzukommen.

3

»Du wartest draußen«, sagte Ari zu Ögmundur. »Wir müssen die Spurensicherung anfordern, das übernimmst du, und bis sie eintreffen, sicherst du den Bereich. Okay?«
Ögmundur nickte gelangweilt.
»Etwas Besseres habe ich eh nicht zu tun. Wobei das eigentlich unnötig ist, Ari, und das weißt du auch selbst. Hier ist doch nur Blut. Ich sollte lieber drinnen warten und aufpassen, dass niemand die Dachterrasse betritt.«
Da war durchaus was dran, aber Ari ließ sich nicht aus dem Konzept bringen. »Du machst beides. Das kriegst du schon hin. Ich werfe derweil einen Blick ins Haus.«
Die Tür war verschlossen. Laut Klingelschildern wohnten zwei Parteien hier, im ersten und zweiten Stock. Ögmundur stand hinter Ari und fragte über dessen Schulter: »Kennst du die Leute?«
Ari schüttelte den Kopf.
»Nein. Jónína und Jón wohnen unten. Und ein Bjarki oben.«
Ari drückte zuerst auf die Klingel der Leute in der unteren Etage und musste nicht lange warten. Die Tür ging so-

fort auf, und als Ari den Hausflur betrat, stand ein älterer Mann im Treppenhaus, zwar im Schlafanzug, aber er wirkte putzmunter.

»Meine Frau und ich haben schon auf Sie gewartet, wir haben Sie draußen gesehen«, sagte er sofort, doch Ari hörte etwas Zögerliches in seiner Stimme, ein leichtes Beben. Offenbar hatten sie im Schutz der Dunkelheit nach draußen gespäht, denn in den Fenstern hatte kein Licht gebrannt.

»Was ist denn passiert? Wer lag da auf dem Gehweg? Ist jemand gestorben?«

»Darf ich einen Moment reinkommen?«

»Ähm, ja, natürlich, natürlich.« Er streckte ihm die Hand entgegen, die ganz verschwitzt war. »Jóhann.« Ari hatte kein gutes Gefühl, was diesen Mann anging. Irgendetwas war hier faul. Er folgte ihm in die Wohnung. Im dunklen Wohnzimmer, an einem der Fenster zur Straße, saß eine Frau auf dem Sofa. Das musste Jónína sein. Sie sagte kein Wort.

»Es tut mir leid, dass ich Sie störe, aber diese Nacht ist hier ein junges Mädchen gestorben. Haben Sie etwas mitbekommen, was die Sache erklären könnte?«

»Nein«, sagte Jóhann sofort. »Wer war das? Wer war das Mädchen?«

»Ich weiß es nicht«, antwortete Ari. »Haben Sie eine Idee? Wohnt eine Frau, ein Mädchen im Haus?«

»Nein, nein, aber ... Eigentlich wohnt hier nur Bjarki, aber er vermietet seine Wohnung manchmal unter, an

Ausländer, über … ähm …, wie heißt das noch mal, Jónína?«

Die Frau auf dem Sofa konnte ihm nicht auf die Sprünge helfen. Ari schätzte die beiden auf Mitte siebzig. Jetzt wäre es gut gewesen, Tómas an seiner Seite zu haben, der immer sofort gewusst hatte, wer zu welcher Familie gehörte und welche Tätigkeiten die Leute vor ihrer jetzigen ausgeübt hatten.

»Und glauben Sie, dass Bjarki zu Hause ist?«

Sie sahen sich an. »Vermutlich nicht«, antwortete Jóhann schließlich. »Er kommt und geht, hat oft in Reykjavík zu tun, obwohl er natürlich von hier stammt. Ich habe ihn schon ein, zwei Tage lang nicht gesehen.«

Jetzt ergriff endlich Jónína das Wort: »Nein, er ist nicht zu Hause«, sagte sie leise, aber entschieden. »Dann hätte ich ihn gesehen oder gehört.«

»Na, du kriegst aber auch nicht alles mit, meine Gute. Wir sehen nicht, wer hier kommt und geht«, sagte Jóhann, und dieser Einwurf klang irgendwie gezwungen, als ob er das besonders betonen wollte. Ari schaute zum Fenster und stellte fest, dass man aus dieser Wohnung wahrscheinlich wirklich nicht erkennen konnte, wer vor der Tür stand.

»Er ist also von hier, sagten Sie? Oder hat er bloß Familie im Ort?«, fragte Ari.

»Ja, ja, er ist von hier«, bestätigte Jónína. »Ich erinnere mich an seinen Vater. Bjarki wurde hier geboren, aber dann ist die Familie weggezogen«, sagte sie. »Wie so viele andere auch. Nachdem der Hering weg war, war hier nicht mehr viel los.«

»Jetzt kehren die Leute zurück, langsam lebt es wieder auf, scheint mir«, sagte Jóhann.

»Wir sind natürlich nirgendwo hingegangen«, stellte Jónína klar, zog die Brauen zusammen und verschränkte die Arme. Mehr wollte sie offenbar nicht sagen.

»Wie kommt man auf die Dachterrasse?«, fragte Ari. Ögmundurs Gedanke, sich auf die Dachterrasse zu konzentrieren, war vermutlich klug. Eines musste man ihm lassen: Er sagte freiheraus, was er dachte. Das hatte Ari sich Tómas gegenüber nicht getraut.

»Auf die Dachterrasse? Warum fragen Sie?« Doch dann begriff Jóhann, worauf Ari hinauswollte. »Sicher, ich zeige Ihnen den Weg. Früher wurde das alles von einer einzigen Partei bewohnt. Bjarkis Großeltern lebten hier, aber dann wurde das Haus geteilt, und wir haben die untere Etage gekauft, mussten uns verkleinern. Vorher hatten wir ein Einfamilienhaus weiter oben im Ort, aber da war zu viel dran zu tun. Na ja, der Dachboden wird vor allem als Abstellraum genutzt, und die Dachterrasse, tja, die nutzen wir nie, für uns ist es einfach zu mühsam, da raufzusteigen. Ich bezweifle, dass der gute Bjarki viel Zeit da oben verbringt, der ist den lieben langen Tag mit seinen Büchern beschäftigt«, sagte Jóhann und lächelte. Ari hatte immer noch das Gefühl, dass hier irgendetwas faul war. Jóhann wirkte nervös und schien durch seinen Redeschwall davon ablenken zu wollen.

Jóhann bat Ari, ihm auf den Flur zu folgen. Langsamen Schrittes stieg er die Treppe hinauf. Es war ein charmantes altes Treppenhaus mit blassblauer Tapete, abgetretenen hellen Holzstufen und einem Handlauf aus etwas dunklerem Holz.

Als Jóhann die nächste Etage erreicht hatte, verschnaufte er kurz und sagte dann: »Hier wohnt er, der Historiker.«

»Bjarki ist also Historiker?«

»Ja, genau. Er arbeitet zu den Westaussiedlern aus Siglufjörður, das macht er für die Gemeinde. Ich habe das Gefühl, der Ort erlebt gerade einen richtigen Aufschwung, was hier jetzt alles aufgebaut wird, die Touristen und so weiter, und dann gibt es auch noch Geld für solche Liebhaberprojekte«, murmelte Jóhann, während er Kraft für das letzte Stück Treppe zum Dachboden sammelte.

»Westaussiedler aus Siglufjörður?«, hakte Ari nach. Er hatte noch nie gehört, dass Auswanderer aus Siglufjörður in diesem Zusammenhang eine besondere Rolle gespielt hätten.

»Ja, die Leute von hier, die damals nach Kanada ausgewandert sind, achtzehnhundertnochwas. Schon ein interessantes Thema, muss ich sagen, obwohl ich kein Büchermensch bin«, sagte Jóhann. »Na, dann mal weiter.«

Sie stiegen die nächste Treppe hinauf, die vor einer geschlossenen Tür endete, ohne Treppenpodest.

»Lassen Sie mich die Tür öffnen«, sagte Ari, der verhindern wollte, dass Jóhann versehentlich Fingerabdrücke wegwischte, die sich möglicherweise an der Klinke befanden. »Ist die Tür abgeschlossen?«

»Die ist nie abgeschlossen, der Dachboden gehört uns allen.«

Ari öffnete die Tür und ging hinein. Der Speicher sah recht ordentlich aus, aber es war eiskalt, und Ari erkannte auch sofort, woran es lag: Die Tür zur Dachterrasse stand offen.

»Sie warten bitte hier, Jóhann«, sagte Ari entschieden. Dann sah er sich auf dem Dachboden um, konnte aber keine Hinweise darauf entdecken, dass hier jemand eingedrungen war oder es einen Kampf gegeben hatte. Wobei die offene Tür natürlich schon bedeuten konnte, dass das Mädchen hier gewesen war. Vorsichtig trat er auf die Dachterrasse, in die kalte Morgenluft. Die Aussicht war toll, das Haus hoch genug für einen guten Blick auf die Stadt, die Berge und das Meer. Ari atmete die salzige Meeresluft ein.

Auch auf der Dachterrasse waren keine Spuren einer Auseinandersetzung auszumachen, und da bei den wärmeren Temperaturen und im Regen der letzten Tage aller Schnee geschmolzen war, ließ sich mit bloßem Auge nicht erkennen, ob das Mädchen tatsächlich hier oben gewesen war.

»Wir müssen den Dachboden absperren«, sagte Ari zu Jóhann, nachdem er sich alles angesehen hatte. »Mein Kollege wird sich darum kümmern. Und Sie lassen bitte niemanden ins Haus.«

Jóhann nickte.

»Gibt es weitere Hauseingänge?«, fragte Ari.

Jóhann wirkte zunehmend unruhig.

»Ja, die gibt es. Einen zweiten Eingang zu Bjarkis Wohnung. Aber die Tür ist sicher abgeschlossen.«

»Kommt man von dort aus nicht auf die Dachterrasse?«

»Nein, es sei denn ..., na ja, durch Bjarkis Wohnung natürlich schon.«

»Wir gehen runter«, sagte Ari knapp, schob sich an Jóhann vorbei und eilte die Treppe hinunter zu Bjarkis Wohnung. Dort klopfte er an die Tür, doch es rührte sich nichts.

»Vermutlich ist er nicht zu Hause«, kommentierte Jóhann.

Schweigend kehrten sie zu Jóhanns und Jónínas Wohnung zurück.

Jónína sah ihnen bereits von der Wohnungstür entgegen.

»Ich möchte Sie nicht länger stören«, sagte Ari. »Vielleicht finden Sie noch ein wenig Schlaf.« Er stand einen Moment regungslos da, dann fügte er hinzu: »Die Haustür war verschlossen, als wir kamen. Ist sie immer abgeschlossen?«

»Ja. Früher haben wir nie abgeschlossen, aber heute tun wir das.«

»Das heißt also, dass sie ... das Mädchen, das gestorben ist ... einen Schlüssel gehabt haben müsste, um auf die Dachterrasse zu gelangen ...«, überlegte Ari laut.

35

Jetzt sah er den beiden ganz deutlich an, dass sie etwas auf der Seele hatten. Er ließ die Stille wirken und wartete einfach ab.

»Tja, es war tatsächlich so, dass heute Nacht jemand geklingelt hat«, sagte Jóhann schließlich verschämt.

»Ach so?«, sagte Ari freundlich, hielt sich für den Moment noch zurück.

»Ja, meine Frau hat denjenigen reingelassen, hat über die Gegensprechanlage die Tür aufgedrückt. Das Klingeln hat uns beide geweckt, wir wussten nicht, was los war.«

»Stimmt das?« Ari sah Jónína an.

»Ja, das stimmt, genau so war es«, sagte sie leise. »Ich wusste ja nicht, was passieren würde …«

»Hat einer von Ihnen gesehen, wer geklingelt hat?«

Sie schauten sich an, dann schüttelte Jóhann den Kopf.

»Nein, haben wir nicht, aber das wird wohl das Mädchen gewesen sein, das … das gesprungen ist, nicht?«

»In der Wohnung oben scheint niemand zu sein, das ist richtig. Aber wir wissen es nicht sicher. Die Person könnte auch wieder gegangen oder gar nicht erst ins Haus gekommen sein.«

»Da haben Sie natürlich recht, und hoffentlich …, hoffentlich … Meine Frau fühlt sich ganz elend, seit der Krankenwagen hier war. Nach dem Klingeln konnten wir nicht mehr einschlafen«, sagte Jóhann, der mal wieder das Wort für sich und seine Frau führte.

»Wie viel Zeit lag denn zwischen dem Klingeln und dem Eintreffen des Krankenwagens?«

»Tja, eine Dreiviertelstunde, oder vielleicht ein bisschen mehr.«

Ari zog die Brauen zusammen. Alles deutete darauf hin, dass das Mädchen geklingelt hatte, zielstrebig auf die Dachterrasse gestiegen war und sich ohne zu zögern hinuntergestürzt hatte. Wobei sich der Todeszeitpunkt natürlich noch nicht exakt ermitteln ließ, denn es war unklar, wie lange sie auf der Straße gelegen hatte, als Guðjón sie bei seinem Nachtspaziergang entdeckt hatte.

»Danke«, sagte Ari und fügte in schärferem Ton hinzu: »Das hätten Sie mir gleich sagen müssen.«

»Das hatten wir ja auch vor, aber meine Frau war so aufgewühlt«, sagte Jóhann. »Wir wollten das natürlich nicht für uns behalten, wir haben nur auf den richtigen Moment gewartet.«

»Sicher. Ich möchte Sie dringend bitten, dass Sie mit niemandem darüber sprechen. Wir müssen herausfinden, was hier heute Nacht geschehen ist, und da wäre es äußerst ungünstig, wenn irgendwelche Geschichten die Runde machten.« Er sah erst Jóhann, dann Jónína streng an.

»Natürlich nicht«, antwortete Jóhann.

»Glauben Sie ... glauben Sie, dass es meine Schuld ist?«, fragte Jónína und sah Ari mit flehendem Blick an, als hoffte sie auf eine Art Erlösung.

Wenn das arme Mädchen fest vorgehabt hatte, sich das Leben zu nehmen, hätte es das sicher auch dann getan, wenn es nicht auf die Dachterrasse gelangt wäre.

Aber an Ari war definitiv kein Seelsorger verloren gegangen, nach seinem missglückten Theologiestudium, das längst Geschichte war. Inzwischen nannte ihn niemand mehr Pfarrer Ari, wie er es in seinem ersten Winter in Siglufjörður noch oft gehört hatte.

Heute erfüllte er eine deutlich bodenständigere Aufgabe als Hüter des Gesetzes, der herausfinden musste, wie das junge Mädchen zu Tode gekommen war. Und es war ganz bestimmt nicht sein Job, der alten Frau das Gewissen zu erleichtern.

»Ihre Schuld? Das ist schwer zu sagen«, entgegnete er kalt. »Die Ermittlungen haben gerade erst begonnen.«

4

»An so etwas gewöhnt man sich nie, mein Lieber.«
Pfarrer Eggert hatte sich in all den Jahren nicht verändert. Der Gemeindepfarrer von Siglufjörður war besonnen und taktvoll, in einem unbestimmbaren Alter, und er übte einen Beruf aus, den er zweifellos bis zur Rente beibehalten würde. Wenn er freihatte, widmete er sich dem Schreiben. Er schien in Siglufjörður rundum zufrieden zu sein. Und Ari hatte das Gefühl, dass auch die Bewohner von Siglufjörður zufrieden mit ihrem Pfarrer waren. Das verunglückte Mädchen hatte der Pfarrer sofort erkannt. Nun stand ein Gespräch mit ihrer Mutter bevor.

»Sie heißt ... sie hieß Unnur«, hatte Eggert gesagt. »Ich habe sie konfirmiert, das liebe Kind. Wie furchtbar. Ein so liebenswertes Mädchen. Höflich und freundlich, und so fleißig. Mensch, Ari, das hätte ich nie gedacht. Es gibt hier einige junge Leute im Ort, die Probleme haben, die Drogen nehmen und so weiter. Denen würde ich zutrauen, dass sie ihr Leben auf diese Weise beenden, aber nicht Unnur. Ich ... ich ...«

»Du kannst dir das nicht vorstellen?«

»Nein, beim besten Willen nicht.«

Jetzt standen sie vor dem Haus von Unnurs Mutter. Ari wusste, dass es schwer werden würde. Das war nicht das erste Mal, dass er eine so schlimme Nachricht überbringen musste, und er erinnerte sich noch zu gut daran, wie die Polizei ihn selbst als jungen Burschen besucht hatte, um ihm mitzuteilen, dass seine Mutter bei einem Unfall ums Leben gekommen war. Er hatte das alles noch ganz lebhaft vor Augen, den lärmenden Regen draußen, den Geruch, die Worte, die die Polizisten wählten.

Auch Unnurs Mutter würde sich später an solche Details erinnern. An das schöne Wetter am frühen Morgen, windstill und kalt, die Ahnung von Schnee in der Luft.

Sie wohnte in einem großen, alten Einfamilienhaus in der Grundargata. Drinnen brannte kein Licht, alles wirkte ruhig und friedlich. Mit diesem Frieden würde es schlagartig vorbei sein.

Ari klingelte und wartete, sah den Pfarrer an, der ihm sacht die Hand auf die Schulter legte. »Ich rede mit ihr, mein Freund.«

Es dauerte eine ganze Weile, bis die Tür geöffnet wurde. Eine Frau mittleren Alters erschien im Türspalt, irgendwo zwischen vierzig und fünfzig, schätzte Ari. Sie war im Pyjama, die Haare struppig und der Blick müde, nachdem die Männer sie aus dem Schlaf gerissen hatten.

Dementsprechend verwundert schaute sie nun drein. Pfarrer Eggert kannte sie natürlich, und Ari trug seine Uniform.

»Salvör?«

»Ja. Was ... was ...«, stammelte sie. »Ist etwas passiert? Ist alles in Ordnung?«

»Wir müssen mit Ihnen über Ihre Tochter sprechen«, sagte Pfarrer Eggert. »Dürfen wir reinkommen?«

Sie machte Platz, und die beiden betraten das Haus. Die Frau schaltete das Licht im Wohnzimmer ein und blieb unschlüssig stehen. Niemand setzte sich.

»Sie ist in ihrem Zimmer«, sagte Salvör im Brustton der Überzeugung. »Unnur schläft in ihrem Zimmer.«

Und für einen Moment beschlich Ari der Gedanke, dass der Pfarrer sich geirrt hatte und das Mädchen auf der Straße gar nicht Unnur gewesen war. Er hoffte es, hoffte, dass der schreckliche Moment der Wahrheit noch einen Moment hinausgezögert würde.

Der Pfarrer stand regungslos da und sagte zunächst nichts. Er schien selbst zu zweifeln. »Lassen Sie uns gemeinsam nachsehen«, sagte er schließlich, und Salvör führte ihn zu Unnurs Zimmer. Ari wartete im Wohnzimmer und hoffte, obwohl ihm klar war, dass es kaum Hoffnung gab.

Als sie zurückkehrten, sagte Salvörs Blick alles, was gesagt werden musste. Pfarrer Eggert hatte ihr also unter vier Augen berichtet, was passiert war. Das wusste Ari zu schätzen. Salvör weinte, die Tränen strömten nur so über ihre Wangen.

»Ari, ich werde noch eine Weile bleiben«, sagte Pfarrer Eggert ernst. »Möchtest du ihr irgendwelche Fragen stellen? Etwas, das nicht warten kann?«

Ari zögerte. Im Grunde konnten natürlich alle Fragen warten, aber er durfte sich nicht von Gefühlen leiten lassen, er trug hier die Verantwortung.

»Mein herzliches Beileid«, sagte er. »Wir sprechen später ausführlich miteinander. Nur eines möchte ich Sie gerne jetzt schon fragen, Salvör: Ist Ihnen am Verhalten Ihrer Tochter in letzter Zeit irgendetwas aufgefallen, das darauf hindeutete, dass sie ... also ... dass sie daran dachte ...«

»... sich das Leben zu nehmen?«, beendete der Pfarrer Aris Satz.

Salvör schüttelte entschieden den Kopf und antwortete schluchzend: »Nein, nein, nein, überhaupt nicht, nichts dergleichen. Sie war ein lebenslustiges Mädchen, vollkommen ...«

Ari wusste, dass der Schein oft trog. Die Schwermut konnte im Verborgenen liegen. Dennoch war dies nicht die Antwort, auf die er gehofft hatte. Alles deutete darauf hin, dass das Mädchen auf die Dachterrasse gestiegen war und sich hinuntergestürzt hatte, weil es diese Welt verlassen wollte. Für Ari war das die mit Abstand einfachste Auflösung. Doch die Antwort der Mutter deutete darauf hin, dass er diesen Todesfall doch genauer untersuchen musste, ehe er die Akte schließen konnte.

Er verabschiedete sich und verschwand wieder in die allumfassende Dunkelheit.

5

Um kurz nach zwölf rief Kristín an. So früh hatte Ari noch gar nicht mit ihr gerechnet, denn eigentlich hatte sie den Nachmittagsflug nach Akureyri nehmen und dann mit dem kleinen Stefnir nach Siglufjörður kommen wollen.

»Hi, Ari«, sagte sie, und ihre warme Stimme erinnerte ihn an früher, als alles noch gut lief, bevor sie ihre Beziehung so gründlich vor die Wand gefahren hatten. In gewisser Weise gab er Kristín die Schuld daran, aber er wusste natürlich, dass es dafür immer zwei brauchte. Er spürte ein leichtes Kribbeln, als er sie hörte, der alte Funke war noch da, aber er wollte keine Energie mehr an den Versuch verschwenden, das Feuer wieder zu entfachen.

»Hi, bist du schon gelandet?«

»Ich bin sogar schon fast in Siglufjörður, oder vielmehr wir zwei.«

»Ach, so früh?«

»Ja, mein Plan hat sich geändert, ich muss doch keine Vertretungsschichten in Akureyri übernehmen. Das heißt, ich habe richtige Osterferien.«

»Super, aber wirst du trotzdem bei deiner Freundin in Akureyri übernachten?«

Nach kurzem Zögern antwortete Kristín: »Nein, ich habe überlegt, ob ich nicht einfach in Siglufjörður bin, mit euch, du weißt schon, wenn das für dich in Ordnung ist. Das ist natürlich dein Wochenende, aber ich fände es schön, Ostern mit Stefnir zu verbringen.«

»Ja, natürlich«, antwortete Ari und freute sich darüber, wie gut sie das alles seit der Trennung hinkriegten, es gab nie Stress, beide gingen Kompromisse ein. Wobei er noch daran zu knabbern hatte, dass er in den letzten Weihnachtsferien nicht nach Schweden kommen durfte, weil sie meinte, dass Stefnir sich noch in Ruhe an die neue Situation gewöhnen müsse.

»Dann übernachtet ihr einfach beide bei mir«, sagte Ari, ohne darüber nachzudenken, ob das eine gute Idee war.

»Tja, also, ich habe für das Wochenende ein Hotelzimmer gebucht und dachte, dass Stefnir vielleicht abwechselnd bei uns sein kann, bei mir im Hotel und bei dir zu Hause. Ich glaube, es wäre nicht gut, wenn wir beide mit ihm in der Eyrargata wären, oder? Das könnte ihn verwirren, nachher denkt er, dass wir wieder ...«

... eine Familie sind. Die Worte lagen in der Luft. Ari verstand ihren Einwand gut, da hatte sie recht, wie immer. Für ihn war die Sache sofort klar: »Stimmt. Dann gehe ich ins Hotel, und ihr kriegt das Haus.«

»Ari, nein, nein, das ist doch Unsinn. Natürlich gehe ich ins Hotel.«

»Kommt nicht infrage«, widersprach er sanft. »Ihr seid zu Hause und macht es euch gemütlich, und wir versuchen einfach, gemeinsam etwas zu unternehmen, zu Hause kochen, essen gehen oder so. Und wenn du dich mal ausruhen willst, mache ich einfach einen Ausflug mit dem Kleinen oder ich spiele was mit ihm.« Dann fügte er hinzu: »Leider muss ich heute noch ein bisschen arbeiten, ein Mädchen hat sich diese Nacht das Leben genommen und ...«

»Oh nein, wie furchtbar ...«

»Ja, wir müssen einige Dinge klären, aber später komme ich hoffentlich los.« Plötzlich fühlte er sich, als wären sie noch zusammen und steuerten auf einen weiteren Streit zu, denn oft war es um genau diese Dinge gegangen, dass er die Familie nicht immer hintanstellen sollte, dass ihre Arbeit genauso wichtig war wie seine und so weiter. Doch diese Konflikte gehörten zum Glück der Vergangenheit an. Vielleicht kamen sie als Freunde besser miteinander aus.

»Bist du sicher, was das Hotel angeht?«

»Ganz sicher. Ich freue mich, euch zu sehen«, sagte er. Normalerweise freute er sich deutlich mehr auf Weihnachten als auf Ostern, aber diesmal war es definitiv andersherum.

6

Der Ort Siglufjörður, der anfangs so unsympathisch auf Ari gewirkt hatte, hatte sich in den sechs Jahren, die er hier lebte, gewaltig verändert. In seinem ersten Winter, als das Städtchen im Schnee versunken war und Ari sich beinahe von der Dunkelheit und der Einsamkeit hatte unterkriegen lassen, war die einzige Landverbindung des Fjordes zur Außenwelt der Tunnel Strákagöng gewesen, der bei starkem Schneefall regelmäßig gesperrt wurde. Inzwischen gab es einen zweiten Tunnel, und es war sehr unwahrscheinlich geworden, dass der Ort abgeschnitten wurde. Die bessere Erreichbarkeit hatte zu mehr Touristen in Siglufjörður geführt, der alte Hafen hatte sich mit bunten Cafés und Restaurants zu einer Art Stadtzentrum gemausert, und zuletzt war auch noch ein großes Hotel gebaut worden. Dorthin lief Ari von der Eyrargata, mit seinen Siebensachen in einer Sporttasche. Vereinzelte Schneeflocken schwebten durch die Luft, aber der Tag verhieß Gutes, es war fast windstill, und alles war hübsch anzusehen. Die ersten Touristen strömten bereits in die Stadt, es waren deutlich mehr Autos unterwegs als sonst, und es gab weniger freie Parkplätze. Bei so tollem Osterwetter musste man mit Skifahrern aus ganz Island rechnen. Das bestätigte sich, als Ari die Lobby des Hotels betrat, wo sich die Leute tummelten, teils schon in Skihosen, bereit für die Piste, teils noch beim Einchecken mit kompletter Skiausrüstung im Schlepptau. Ari war froh, dass er von diesem Virus verschont geblieben war und ohnehin über null Talent verfügte.

Kristín und Stefnir waren angekommen. Ari hatte sie in der Eyrargata empfangen, Kristín mit dem Gepäck ins Haus geholfen, den Jungen gedrückt und versprochen, sich so schnell wie möglich von der Arbeit loszueisen. Es war ein schönes Gefühl für Ari, sie beide hierzuhaben, er freute sich auf das Wochenende mit seinem Sohn, und gleichzeitig erfüllte ihn eine gewisse Wehmut.

Es kam ihm komisch vor, in seinem Wohnort ins Hotel einzuchecken, selbst als Zugezogener. Er wartete in der Schlange, hinter einer großen Skifamilie, Eltern und vier Kinder, und als er endlich an der Reihe war, lächelte er die junge Rezeptionistin verlegen an und wollte schon erklären, warum der Chef der Polizeiwache von Siglufjörður ins Hotel ging. Doch sie schenkte seiner Uniform keinerlei Beachtung, sondern fragte ihn einfach nach seinem Namen.

Das Zimmer befand sich auf der oberen Etage, mit Blick über den Fjord. Er musste natürlich schnell zurück auf die Wache, doch er konnte der Versuchung nicht widerstehen und legte sich aufs Bett, streckte die Glieder und schloss die Augen. Erst jetzt spürte er, wie müde er nach der schlaflosen und unangenehm ereignisreichen Nacht war. Und mit einem Mal fühlte er sich wie ganz woanders, nicht mehr in Siglufjörður. Er war es nicht gewohnt, im Hotel zu übernachten, hatte schon ewig keinen richtigen Urlaub mehr gemacht – einerseits weil er das Geld lieber sparte, andererseits mangels eines Reisegefährten. Wobei sie auch damals nicht viel gereist waren, in seiner Zeit mit Kristín, die immer bis zum Hals in Arbeit gesteckt hatte, und als dann Stefnir auf die Welt kam, war ans Reisen sowieso nicht mehr zu denken gewesen.

Dieses Osterwochenende entwickelte sich anders als erwartet, so viel stand fest. Ari hatte es ruhig angehen lassen und die Zeit mit dem Jungen – und Kristín – genießen wollen. Hoffentlich konnte er die meiste Arbeit an Ögmundur delegieren. Im Moment sah alles danach aus, dass Unnur sich das Leben genommen hatte, auch wenn ihre Mutter es nicht wahrhaben wollte. Möglicherweise würde nie herauskommen, warum sie von der Dachterrasse gesprungen war. So war das eben manchmal, nicht alle Geheimnisse ließen sich lüften. Um ein Haar hätte Ari nie erfahren, weshalb sein Vater damals verschwunden war. Das hatte er quasi nur durch einen Zufall herausgefunden.

Wenn Unnur tatsächlich Selbstmord begangen hatte, so furchtbar das auch sein mochte, war es nicht Aris Aufgabe, die Gründe zu ermitteln, warum sie keinen anderen Ausweg gesehen hatte.

Er wollte nur noch einen Moment liegen bleiben, die Gedanken fließen lassen. Fünf Minuten früher oder später machten schon keinen Unterschied.

Ari schreckte hoch, wusste nicht, wie lange er geschlafen hatte. Er sah auf sein Handy: fast eine Dreiviertelstunde. Kaum zu glauben, dass ihn kein Anruf geweckt hatte. Er stand auf, noch leicht duselig, aber er merkte sofort, dass dieses Nickerchen ihm die Kraft geschenkt hatte, die er so dringend brauchte.

Jetzt musste er schnell zurück an die Arbeit, damit er sich hoffentlich bald schon wieder loseisen konnte.

Natürlich durfte er sich nicht komplett aus der Verantwortung ziehen, selbst wenn er ein freies Wochenende hatte. Das kam nicht infrage, nachdem er endlich den lang ersehnten leitenden Posten innehatte. Aber es sah einfach nicht danach aus, dass dieser Fall besonders dringlich war.

In der Zwischenzeit waren die Spezialisten eingetroffen, die den Unglücksort untersuchten. Ari wartete auf die Ergebnisse, wobei er nicht damit rechnete, dass sie auf der Dachterrasse etwas anderes fanden als Unnurs Fingerabdrücke. Trotzdem wollte er alle Zweifel aus dem Weg räumen, sicher war sicher. Danach wollte er versuchen, den Historiker Bjarki aus dem oberen Stockwerk zu erreichen, und er war auch noch nicht ganz überzeugt davon, dass

Künstler Guðjón die Wahrheit über seinen nächtlichen Spaziergang gesagt hatte.

Er eilte die Treppe hinunter und verließ das Hotel. In seiner Uniform hatte er das Gefühl, dass alle ihn anstarrten, obwohl die meisten wahrscheinlich in Gedanken schon auf den steilen Pisten standen. Eines schönen Tages – eines schönen Wintertages – würde auch er mit Stefnir ins Skarðsdalur-Skigebiet fahren, ihn zu einem Skikurs anmelden und vielleicht auch selbst einen neuen Anlauf wagen, es zu lernen. Irgendwie war es ihm peinlich, dass er in Siglufjörður lebte, ohne richtig Skifahren zu können.

Er schlug den Weg zur Polizeiwache ein. Die federleichten Schneeflocken schmolzen, sobald sie den Asphalt berührten. Er wäre gern am Fischladen vorbeigelaufen und hätte sich Trockenfisch als Snack gekauft, wie früher, aber der Laden war vorübergehend geschlossen, weil ein neuer, größerer entstehen sollte. Alles war im Wandel in dem kleinen Ort, der langsam, aber sicher von den Touristen erobert wurde, genau wie die Hauptstadtregion.

Immerhin war der Bäcker noch an seinem Platz, Gott sei Dank. Und dort wurden weiterhin die köstlichen Zimtschnecken gebacken, die er so liebte, die sogenannten Knoten. Er beschloss, dort vorbeizulaufen und eine Tüte Schnecken für die Teeküche mitzunehmen, doch als er die Schlange sah, die fast bis auf die Straße reichte, kapitulierte er. Alles voller Ostertouristen. Er schüttelte seufzend den Kopf und stellte schmunzelnd fest, dass er langsam noch konservativer wurde als der alte Tómas, wenn es um Siglufjörður ging.

Ögmundur erwartete ihn auf der Wache.

»Wo zur Hölle hast du gesteckt?«, empfing er ihn, doch Ari merkte, dass Ögmundur ihn nur necken wollte, und konnte ihm kaum böse sein. Obwohl er selbst damals nie so mit Tómas gesprochen hätte.

»Hat alles länger gedauert. Ist irgendwas passiert?«

»Unnurs Mutter hat ungefähr zehnmal angerufen, die gute Frau. Sie möchte dich sprechen. Ich wollte ihr nicht deine Handynummer geben, vermutlich steht sie unter Schock und braucht jemanden zum Reden.«

»Okay. Konntest du sie denn nicht beruhigen?«

»Ach, du weißt doch, wie das ist, Ari. Sie wollte unbedingt mit jemandem von hier sprechen, nicht mit dem blöden Zugezogenen.« Ögmundur grinste, kam auf Ari zu und schlug ihm kräftig auf die Schulter. »So ist das.«

Ja, so war das. Auf einmal war Ari *der von hier*. Und das, obwohl er noch gar keinen Plan hatte, was er werden wollte, wenn er groß war ...

7

Ari konnte Unnurs Mutter nicht sofort zurückrufen, da die Kollegen von der Spurensicherung sich meldeten und seine Vermutung bestätigten: Den ersten Untersuchungen zufolge war das Mädchen tatsächlich auf der Dachterrasse gewesen, und es gab keine Hinweise auf die Anwesenheit einer weiteren Person. Falls sich noch etwas anderes ergeben sollte, werde Ari natürlich sofort informiert. »Aber ich rechne eher nicht damit«, waren die Schlussworte.

Nach dem Gespräch mit der Spurensicherung rief Ari seine Vorgesetzte in Akureyri an. Seit Kurzem war dort eine junge Frau Polizeidirektorin, Selma, nur ein paar Jahre älter als Ari.

»Hallo, Ari, das ist ja wirklich eine unschöne Sache«, sagte sie. »Die wichtigsten Informationen habe ich heute früh schon erhalten. Was gibt's Neues?«

»Alles deutet auf Selbstmord hin – dass sie auf die Dachterrasse eines Hauses hier im Stadtzentrum gelangt ist und sich hinuntergestürzt hat. Das hat die Spurensicherung bestätigt, zumindest nach derzeitigem Stand der Erkenntnisse. Die Mutter ist natürlich völlig aufgelöst, und auch die Gemeinde wird in Aufruhr geraten, sobald es sich herumspricht«, sagte Ari, der wusste, dass das längst geschehen war, obwohl in den Nachrichten noch nichts erwähnt wurde. Es schien hier eine Art unsichtbares Informationssystem zu geben, über das sich Neuigkeiten in Windeseile verbreiteten und das jegliche moderne Technik überflüssig machte.

»Du kümmerst dich darum, Ari«, sagte Selma. Ari fluchte innerlich. Ihm war schon klar, dass er sich kümmern musste, doch das Wochenende mit Stefnir sollte nicht davon beeinträchtigt werden, nicht mehr als unbedingt notwendig.

»Sicher, aber ich denke nicht, dass wir da viel Energie reinstecken müssen. Ich nehme mir die Zeugenaussage noch einmal genauer vor, spreche mit ihrer Mutter und versuche herauszufinden, ob es einen Anlass gibt, genauer zu forschen. Ich bezweifle, dass etwas dabei herauskommen wird«, sagte er. Die meiste Fleißarbeit würde er einfach an Ögmundur delegieren und das Ganze vom Spielfeldrand aus verfolgen. Dann würde es trotzdem ein schönes Wochenende mit Stefnir und vielleicht auch Kristín werden.

»Ja, aber wir müssen aufpassen, Ari«, sagte sie. »Das ist eine sensible Angelegenheit, ich vertraue darauf, dass du dich gewissenhaft darum kümmerst. Andererseits gibt es keinen Grund, die Sache aufzublasen. Haben sich schon Journalisten gemeldet?«

Ari sah Ögmundur an. »Was machen die Medien?«, fragte er leise, obwohl Selma es natürlich trotzdem mitbekam.

»Jemand vom Radio hat angerufen«, antwortete Ögmundur sofort. »Ich habe ihm nichts gesagt.«

Ari gab die Information an Selma weiter.

»Melde dich bei denen. Sag einfach, dass diese Nacht eine Leiche gefunden wurde und es keine Hinweise auf eine Straftat gibt.« Dann fügte sie hinzu: »Bei Suiziden verhalten sich die Journalisten in der Regel einigermaßen rücksichtsvoll.« Ihrem Tonfall nach zu urteilen, hatte sie nicht die beste Meinung von der schreibenden Zunft.

8

Ari hatte den Journalisten kontaktiert und war gemäß Selmas Empfehlung vorgegangen. Wahrscheinlich würde die Sache so nicht unnötig aufgeblasen.

Danach saß er einen kurzen Moment still an seinem Schreibtisch und sammelte Kraft für den Anruf bei Unnurs Mutter Salvör.

Sie ging sofort ran. »Hallo?« Er hätte natürlich genauso gut bei ihr vorbeischauen können, doch er wahrte lieber ein wenig Distanz. Scheute sich davor, der Trauer direkt ins Gesicht zu blicken, auch wenn er das vor niemandem zugeben würde und wusste, dass das eine Schwäche war, derer sich Tómas nie schuldig gemacht hätte.

»Hallo, hier ist Ari von der Polizei.«

»Danke, dass Sie zurückrufen«, sagte sie mit schwacher Stimme. »Gibt es ... gibt es Neuigkeiten?«

»Haben Sie mit meinem Kollegen gesprochen, mit Ögmundur?«

»Ich ... ich ... nein, ich wollte lieber mit Ihnen reden.«

»Leider ...«, er holte tief Luft, wünschte sich, woanders zu sein. »Leider deutet alles darauf hin, dass Unnur auf die

Dachterrasse gestiegen und, tja, hinuntergestürzt ist. Wir wissen nicht, warum ...«

»Es muss doch jemand bei ihr gewesen sein, jemand muss uns sagen können, was passiert ist.«

»Leider sieht es nicht danach aus. Vermutlich war sie allein unterwegs. Wir haben keinen Hinweis auf weitere Personen gefunden«, sagte er und schämte sich dafür, dass er so förmlich war, aber dieses Telefonat fiel ihm einfach wahnsinnig schwer. »Leider ist ...«

»Aber ausgeschlossen ist es nicht, oder?«, fiel sie ihm ins Wort. »Es ist nicht ausgeschlossen, dass jemand bei ihr war.«

»Nein, ausgeschlossen ist es nicht.«

»Sie hätte das niemals getan, ich kenne meine Tochter, sie wäre nie von sich aus gesprungen. Das ist das Haus in der Aðalgata, in dem Jónína und Jón wohnen, stimmt's? Waren die nicht da? Wie ist sie überhaupt hineingekommen?«

»Ja, die beiden wohnen dort. Und Bjarki.«

»Ach, genau, Bjarki, der Sohn vom alten Víkingur. War er denn auch nicht da? Hat niemand etwas gesehen? Hat niemand etwas gehört?«

Ari überlegte schnell, wie viel er der Mutter erzählen sollte.

»Das Ehepaar war zu Hause. Wahrscheinlich haben sie Unnur hineingelassen, wobei das nicht ganz sicher ist. Bjarki hingegen scheint derzeit nicht vor Ort zu sein. Ich lasse Sie wissen, wenn ...«

»Sie haben sie reingelassen? Warum? Ist es ihre Schuld, dass ...«

»Es ist viel zu früh, um irgendwelche Schlüsse zu ziehen«, entgegnete Ari und ärgerte sich, dass er dieses Detail erwähnt hatte. »Wir geben unser Bestes, um ...«

Wieder fiel sie ihm ins Wort: »Sie müssen herausfinden, was meiner Tochter widerfahren ist. Sie müssen ...«

»Ich verspreche es«, rutschte es ihm heraus, obwohl ihm bewusst war, dass dieses Rätsel auch für immer ungelöst bleiben könnte.

»Ich vertraue auf Sie, Ari«, sagte sie mit hoffnungsloser Stimme. »Ich vertraue auf Sie.«

Er atmete tief ein. »Ich denke, Sie sollten versuchen, sich etwas auszuruhen, Salvör ...«

»Mich ausruhen? Wie zur Hölle soll ich mich ausruhen? Ich kann noch nicht mal ruhig auf einem Fleck stehen ...«

»Falls Ihnen etwas einfällt, Salvör, etwas, das uns weiterhilft ... Wenn Sie irgendetwas entdecken ...«

»Ja«, sagte sie nach einem kurzen Schweigen und fügte hinzu: »Enttäuschen Sie mich nicht.«

Damit legte sie auf. Ari saß wie gelähmt auf seinem Stuhl.

9

Ari war auf dem Weg in die Eyrargata, wo er Kristín und Stefnir treffen, Kaffee trinken und Kuchen essen, Zeit mit seinem dreijährigen Sohn verbringen und versuchen wollte, sich einzubilden, dass es wie früher war. Obwohl er natürlich wusste, dass es nie wieder wie früher sein würde, und obwohl er sich gar nicht sicher war, ob er die Zeit überhaupt zurückdrehen wollte. Die Jahre mit Kristín waren zwar schön gewesen, aber auch schwierig. Und dennoch: Wenn sie ihm eine zweite Chance geben würde, wäre er vermutlich sofort dazu bereit, nicht zuletzt wegen Stefnir.

Um auch den Weg noch sinnvoll zu nutzen, beschloss Ari, es bei Bjarki zu versuchen. Er musste sich vergewissern, dass er wirklich nicht zu Hause gewesen war, und vielleicht konnte er sonst noch irgendwie Licht in die Sache bringen, obwohl Ari das stark bezweifelte. Er war mittlerweile überzeugt davon, dass das Mädchen sich aus freien Stücken von der Dachterrasse gestürzt hatte. Das Telefonat mit Salvör nagte noch an ihm, und er wollte sein Bestes geben, aber gleichzeitig durfte das Ganze keinen zu großen Schatten auf das Wochenende mit der Familie werfen.

Bjarki ging schnell ran.

»Hallo?« In seiner Stimme lag Verwunderung, vermutlich über den Anruf von einer ihm unbekannten Nummer.

»Guten Tag, ich würde gern mit Bjarki Víkingsson sprechen. Bin ich da richtig?«

»Das bin ich, ja. Wer ist denn dran?«

»Ari Þór Arason, von der Polizei Siglufjörður.«

»Polizei?« Jetzt schien er gar nichts mehr zu begreifen. »Wieso? Ist was passiert? Ist mit meiner Wohnung alles in Ordnung?«

»Ja, mit Ihrer Wohnung ist alles bestens, keine Sorge.« Eine interessante Reaktion. Sein erster Gedanke galt seiner Wohnung. Möglicherweise hatte er keine näheren Verwandten mehr im Norden.

»Okay, worum geht's?«

»Es gab einen Todesfall, vor dem Haus, in dem Sie wohnen.«

»Einen Todesfall? Was soll das heißen?«

»Eine junge Frau ... ein Mädchen, scheint von der Dachterrasse gestürzt zu sein.«

»Bitte? Wer? Von der Dachterrasse bei mir im Haus? Wie furchtbar.«

»Sie hieß Unnur Svavarsdóttir. Kennen Sie das Mädchen?«

»Unnur?« Ein kurzes Schweigen. »Nein, ich glaube ... ich glaube, nicht. Und ... und wie genau ... sie ist von der Dachterrasse gestürzt, sagten Sie?«

»Ich kann im Moment noch nicht viel sagen, Bjarki. Aber ja, sie ist gestürzt, oder möglicherweise auch gesprungen, das wissen wir noch nicht. Ich wollte nur mit Ihnen reden, bevor Sie es aus den Nachrichten erfahren.«

»Okay, danke. Ich weiß gar nicht, was ich sagen soll. Das arme Mädchen.« Nach einem kurzen Schweigen fügte er hinzu: »Wie ist sie denn auf die Dachterrasse gelangt?«

Ari zögerte. Normalerweise durfte er solche Details nicht preisgeben, doch er fand es fair, dass ein Bewohner des Hauses die Wahrheit erfuhr.

»Solche Informationen dürfen wir eigentlich nicht herausgeben, aber wenn Sie versprechen, dass Sie es für sich behalten …«

»Bitte? Ja, natürlich.«

»Das Ehepaar aus der unteren Etage scheint sie ins Haus gelassen zu haben. Ohne zu wissen, wer sie war. Ich glaube, sie haben sie nicht gekannt. Können Sie mir etwas dazu sagen?«

»Nein, darüber weiß ich nichts.«

»Die beiden wohnen schon länger dort als Sie, oder?«

»Ähm, ja, deutlich länger. Ich bin vergleichsweise frisch hergezogen. Das Haus gehört seit vielen Jahren meiner Familie, aber ich wohne erst seit einem Jahr dort, mit Unterbrechungen. Ich schreibe gerade meine Doktorarbeit über die Westaussiedler, mit besonderem Fokus auf Siglufjörður. Meine Mutter ist dort aufgewachsen, wissen Sie.«

»Sie haben keine nahen Verwandten mehr in Siglufjörður?«, schob Ari seine Vermutung ein.

»Das stimmt. Woher wissen Sie das?«

»War nur so ein Gedanke. Sind Sie denn gerade in Siglufjörður?«

»Ähm, nein, ich bin in Reykjavík. War auf einem Kongress und mache jetzt Osterferien, der Kongress ist gestern zu Ende gegangen. Warum fragen Sie?« Jetzt lag etwas Schweres in seiner Stimme.

Ari dachte nach und entschied sich dann für Offenheit. »Nur zur Sicherheit. Das ist immerhin in Ihrem Haus passiert. Wir können nicht ausschließen, dass jemand ..., na ja, dass jemand sie hinuntergestoßen hat.«

»Hinuntergestoßen ...? Ich ... ich ...« Bjarki klang nervös. »Ich bin seit drei Tagen in Reykjavík, so viel steht fest, also ... ich ...« Er zögerte. »Sie können meine Kollegen hier fragen, ich habe gestern sogar einen Vortrag gehalten. Ich ...«

»Keine Sorge, ich habe keinen Grund, an Ihrer Aussage zu zweifeln. Aber gegebenenfalls spreche ich mit Ihren Kollegen.«

»Ja, okay ...«, antwortete Bjarki, nun etwas ruhiger.

»Und dann gibt es ein Buch darüber?«, fragte Ari.

»Ein Buch darüber? Was meinen Sie?«

»Über die Westaussiedler aus Siglufjörður. Das wäre sicher eine interessante Lektüre.«

»Ach so, das. Ja, wahrscheinlich, ich denke schon, dass wenigstens Teile meiner Recherchen in einem Buch landen.«

»Ich freue mich darauf, es zu lesen. Danke für das

Gespräch, Bjarki. Ich melde mich, falls noch etwas sein sollte«, sagte Ari bestimmt.

»Ja, okay …«

»Und falls Ihnen noch etwas einfällt, Bjarki, etwas, das Unnurs Tod erklären könnte, dann rufen Sie mich bitte sofort an.«

»Ja, natürlich. Natürlich.«

10

»Kein Problem, Ari, das ist ja auch wirklich furchtbar.« *Ari.* Früher hätte sie *Schatz* gesagt, heute nicht mehr. Manchmal ließ Ari sich zu dem Traum hinreißen, dass alles wieder wie früher würde; dass der kleine Stefnir oben im Gitterbettchen schläft und Kristín und er unten in der Küche sitzen und bei einem Glas Rotwein über Gott und die Welt plaudern. So, wie es jetzt gerade beinahe war. Stefnir, müde von der langen Reise, schlummerte in seinem alten Bettchen, für das er eigentlich schon zu groß war. Ari hatte kurz nach ihm geschaut, eine Weile an seinem Bett gestanden und an all die Momente mit seinem Sohn gedacht, die er verpasst hatte. Mit jedem Tag, an dem sie sich nicht sahen, entfernten sie sich weiter voneinander. Denn obwohl Stefnir noch so klein war und sich später an vieles nicht mehr erinnern würde, wusste Ari, dass diese ersten Jahre die prägendsten waren.

Jetzt saßen sie zusammen am Küchentisch, Kristín und Ari, nur der Rotwein fehlte, alles andere war perfekt. Durchs Fenster der Blick auf die Berge, die an einem so schönen Wintertag besonders majestätisch wirkten, scharf umrissen und strahlend weiß. Und gleichzeitig wusste Ari, dass es nie wieder wie früher würde, dass das hier nicht die Realität war, sondern eine Illusion, obwohl Kristín ihm gegenübersaß. Anfangs hatte ihr Gespräch etwas gezwungen gewirkt, aber das hatten sie schnell überwunden. Er hatte versucht, sich dafür zu entschuldigen, dass er so lange arbeiten musste, und ihr von den Ereignissen der letzten Stunden erzählt.

»Du bist müde, Ari, das sehe ich.« Sie lächelte, dasselbe warme Lächeln, in das er sich damals verliebt hatte. Er überlegte, ob es inzwischen wohl einem anderen wie ihm ergangen war, ob es da jemand Neues gab. Er hoffte sehr, dass dem nicht so war. Er wollte Stefnir für sich behalten, für sich allein, möglichst lange. Und in gewisser Weise wollte er auch Kristín für sich behalten, obwohl die Beziehung beendet war und keine Chance bestand, sie wieder zum Leben zu erwecken.

»Da hast du wohl recht«, seufzte er. »Tut mir leid, gerade jetzt ...«

»Leg dich einen Moment zu Stefnir, wenn du magst.«

Am liebsten hätte er noch länger mit Kristín gesessen und geplaudert, doch er wurde immer müder, und der Gedanke, bei seinem Sohn zu liegen, war nicht minder verlockend.

»Ja, vielleicht sollte ich das tun ...«, sagte er zögerlich.

»Glaubst du, dass es Selbstmord war, Ari? Das Mädchen?«

Er dachte nach.

»Ja, das kommt mir am wahrscheinlichsten vor. Von dieser Dachterrasse stürzt niemand einfach so, das muss man schon wollen …«

»Es sei denn, jemand hat …« Sie sprach es nicht aus.

Ari sah Kristín an. »Hoffentlich nicht. Das mag ich gar nicht zu Ende denken …«

»Aber wie ich dich kenne, wirst du über diese Möglichkeit nachgedacht haben.« Wieder lächelte sie.

Natürlich hatte er das. Er war bereits alle Personen durchgegangen, die mit dem Fall zu tun hatten, und hatte versucht, sich vorzustellen, wer das junge Mädchen im Schutz der Dunkelheit in den Tod gestoßen haben könnte. Nach derzeitigem Stand kamen Guðjón in Betracht, der Künstler, der die Leiche entdeckt hatte, Jóhann und Jónína, Unnurs Mutter Salvör … und vielleicht auch Bjarki, der Historiker aus der oberen Etage, obwohl er in der Nacht wahrscheinlich nicht vor Ort gewesen war. Bei weiteren Recherchen würde diese Liste deutlich länger werden. Zu welchen Personen hatte Unnur Kontakt? Wer kannte sie gut? Wer waren ihre Klassenkameraden und Freunde? Und dann war da noch ihr Vater … Er ließ die Gedanken schweifen.

»Man darf nichts ausschließen, das weißt du ja«, sagte er.

»Jetzt geh und leg dich hin, Ari. Ich lasse Stefnir noch eine halbe Stunde schlafen, das würde auch dir guttun.«

Er stand auf.

»Ja, das ist sicher eine gute Idee. Bis gleich.« Er schlich die Treppe hinauf ins Schlafzimmer, wollte den Jungen nicht wecken. Er legte sich hin, mit Blick zum Babybettchen, das dicht am Ehebett stand, und betrachtete seinen Sohn durch die Gitterstäbe. Der Kleine schlief so friedlich, so wunderschön, und er wuchs so schnell. Seit ihrem letzten Treffen waren mehrere Monate vergangen, und obwohl sie hin und wieder übers Telefon oder den Computer miteinander sprachen, sofern Stefnir Lust dazu hatte, war es für Ari etwas ganz Besonderes, ihn zu sehen, ihn zu umarmen.

Vorsichtig legte er seine Hand auf Stefnirs kleines Händchen, schloss die Augen und glitt allmählich ins Land der Träume hinüber, wo alles so war, wie es sein sollte.

KARFREITAG

11

»Hi ... Ari ...?«

Er erkannte ihre Stimme sofort, obwohl sie schon ewig nicht mehr miteinander gesprochen hatten.

Ugla, das Mädchen, das er in seinem ersten Winter in Siglufjörður kennengelernt hatte. Um ein Haar wäre etwas Ernstes aus dieser Bekanntschaft geworden, oder auch nicht, weil er vergessen hatte, seine Freundin in Reykjavík zu erwähnen. Nachdem das herausgekommen war, hatte sie ihn keines Blickes mehr gewürdigt, obwohl sie sich ständig über den Weg gelaufen waren. Dieses kleine Abenteuer hatte wahrscheinlich den Anfang vom Ende zwischen ihm und Kristín markiert, obwohl sie danach noch einige Jahre durchgehalten und sogar den kleinen Stefnir bekommen hatten.

Ugla rief auf seinem Handy an. Offenbar hatte sie all die Jahre seine Nummer behalten, denn die stand nicht im Telefonbuch.

Er zögerte kurz. Nicht, weil er nicht mit ihr sprechen wollte, sondern weil er sich schlagartig um sieben Jahre zurückversetzt fühlte, in die Zeit ihrer ersten Bekanntschaft, als er frisch nach Siglufjörður gezogen war. Sie hatten sich auf Anhieb verstanden, so gut, dass Kristín in den Hintergrund gerückt war. Auch jetzt spürte er wieder ein Kribbeln im Bauch, allein durch ihre Stimme.

»Ugla«, sagte er schließlich. »Hi. Schön, dich zu hören.«

»Ja, ebenso«, sagte sie nach einer unangenehm langen Pause. Sie klang nicht wirklich überzeugend.

»Was treibst du so?«, fragte er, obwohl er wusste, dass sie nicht mehr im Büro der Reederei arbeitete. Ein Arzt hatte das Gebäude der ehemaligen Mittelschule gekauft, das lange Zeit leer gestanden hatte, und ein privates Pflegeheim daraus gemacht, und dort hatte Ugla jetzt eine Stelle. Ari wusste nichts Genaueres über dieses Projekt, nur das, was in der Stadt so erzählt wurde. Aber es hieß, dass es durchaus lukrativ sein konnte, wenn es gelang, die Betten voll zu kriegen, da die Immobilie günstig zu haben gewesen war und die Behörden eine beträchtliche Summe für jeden Patienten zahlten.

»Alles gut bei mir«, antwortete sie. »Störe ich gerade?«

»Gar nicht.«

»Ich wollte kurz mit dir reden, wegen des Mädchens, das gestern gestorben ist. In den Nachrichten wurde ja einiges darüber berichtet, und ...«

»Kanntest du sie?«

»Bitte? Nein, nein. Oder, na ja, nicht, dass ich wüsste, ihr Name wird ja nirgends erwähnt. Sie war doch erst neunzehn, oder? Ich kenne nicht viele in dem Alter.«

»Ja, genau ...«

»Ich wollte dir etwas erzählen, keine Ahnung, ob das mit dem Mädchen zu tun hat, ich dachte bloß, dass ich es dir sagen sollte, Ari. Ich weiß, wir haben nicht viel miteinander gesprochen, seit ... ähm, seit ...«

Nicht viel. Ari musste schmunzeln. *Kein Wort* wäre treffender gewesen. Sie hatte ihn komplett ignoriert und keinerlei Versuch gestartet, den Kontakt wieder aufzunehmen. Aber in ihrer Stimme lag eine Wärme, die vielleicht andeutete, dass ihre Wut ein wenig abgeflaut war. Sie war stinkwütend geworden, als er ihr von Kristín erzählt hatte – was er ihr auch kaum verübeln konnte.

»Ja, ich weiß«, sagte er.

»Lass uns später darüber reden«, sagte sie, und wieder kribbelte es in seinem Bauch. Verdammt, er durfte sich nicht wie ein Schuljunge aufführen. Das war wirklich nicht der richtige Moment, um an Ugla zu denken, mitten in den Ermittlungen zu einem furchtbaren Todesfall, und noch dazu während Kristín in der Stadt war. Das schlechteste Timing.

»Ich wollte fragen, ob du vielleicht mal herkommen magst, falls du Zeit hast. Dann kann ich es dir besser erklären, besser als am Telefon.« Sie schwieg und fügte dann hinzu: »Wahrscheinlich ist es nichts, das hat bestimmt nichts mit dem Mädchen zu tun, aber ... wie gesagt, ich wollte es dich wissen lassen.«

»Natürlich. Ich hätte jetzt Zeit, wenn das für dich passt.«

Ein kurzes Schweigen, dann sagte sie: »Ähm, okay, das müsste gehen. Ich bin bei der Arbeit, könntest du herkommen?«

»Ja, ich komme. Das ist ja keine Strecke.«

»Ich habe jetzt einen anderen Job, ich arbeite in dem neuen Pflegeheim, in der alten Mittelschule ...«

»Ich weiß«, sagte Ari, ohne nachzudenken, aber vielleicht wollte er auch, dass sie wusste, dass er sie nicht vergessen hatte.

»Okay, dann komm gern vorbei, das passt gut, ich bin die nächste Stunde allein hier, also, der Arzt ist nicht im Haus, und vielleicht ist es auch besser, wenn er nicht mitkriegt, dass ich wegen eines Patienten die Polizei angerufen habe, falls ich da wirklich zu viel reininterpretiert haben sollte.«

»Alles klar. Bis gleich.«

Sie verabschiedeten sich.

Wegen eines Patienten, hatte sie gesagt. Seine Neugier war geweckt, aber er musste zugeben, dass er sich vor allem auf das Wiedersehen mit Ugla freute.

12

Ari hatte über die Jahre einige Geschichten gehört von Leuten, die die alte Mittelschule noch als Schüler besucht hatten, vor allem von Tómas, der sich gern an seine Zeit dort zurückerinnerte und auch das Gebäude sehr mochte. »Eine Schande, dass dort nicht mehr unterrichtet wird«, hatte er nicht nur einmal gesagt, wenn sie an dem Haus im Hlíðarvegur vorbeigekommen waren. Das waren gute Jahre gewesen, mit Tómas an seiner Seite. Die Arbeit als Leiter der Polizeiwache war deutlich einsamer, ungeachtet des höheren Gehalts und der größeren Wertschätzung.

Ari war noch im Hotel gewesen, als Ugla angerufen hatte. Er hatte gut geschlafen, nachdem er am Vortag ein paar schöne Stunden mit Kristín und dem Jungen verbracht hatte. In der Zwischenzeit hatten die Medien erneut angerufen, und der Todesfall war in den Abendnachrichten gemeldet worden, jedoch ohne nähere Details. Als Ari am Abend im Hotel eintraf, nachdem Kristín und Stefnir schlafen gegangen waren, war an der Hotelbar kein Platz mehr frei gewesen, als ob die Leute beschlossen hätten, den Beginn der Osterferien genau dort einzuläuten.

Ari war natürlich sofort mit Fragen bestürmt worden, die er nicht beantworten wollte. Er hatte mit dem Gedanken gespielt, vor dem Schlafengehen dort am Kamin noch etwas Warmes zu trinken, aber dann hätten ihm die Leute erst recht Löcher in den Bauch gefragt. Wenn er daran dachte, dass er das Wochenende allein im Hotel verbringen würde, während Kristín und Stefnir in der Stadt waren, kam er sich einsam vor. Er war es natürlich gewohnt, allein zu sein, aber normalerweise war er wenigstens zu Hause, in dem guten alten Haus in der Eyrargata.

Er zog seine Jacke an und eilte vom Hotel über den Rathausplatz, den Hügel zur Kirche hinauf und am Kindergarten vorbei – den Stefnir jetzt besuchen würde, wenn es zwischen seinen Eltern nicht geknallt hätte. Von dort aus bog er in den Hlíðarvegur. Es war beißend kalt, und die ersten Schneeflocken fielen, begleitet von einem leichten Wind, vielleicht ein Vorbote des Unwetters, das nach Ostern auf sie zukam.

Am Osterwochenende sollte es viel schneien, worüber sich die Skifahrer mit Sicherheit freuten. Ari hatte sich erst einige wenige Male auf die Pisten gewagt, aber wenn er irgendwann einmal als echter Siglufjörðuraner durchgehen wollte, war klar, dass er zumindest so tun musste, als ob ihm das Skifahren Spaß machte.

Die alte Mittelschule befand sich linker Hand am Hlíðarvegur, ein hübsches, rot gestrichenes Gebäude, das durch den neuen Eigentümer ein leichtes Facelifting erfahren hatte. Von außen ließ sich nicht erahnen, dass dort jetzt eine Art Krankenstation untergebracht war. Es konnte genauso gut immer noch eine Schule sein, wobei natürlich der entsprechende Trubel fehlte.

Ugla wartete bereits an der Tür. Er machte einen Schritt auf sie zu und wollte ihr die Hand geben, doch sie drückte ihn einfach an sich.

»Schön, dich zu sehen, Ari.«

»Gleichfalls. Lange her, dass wir miteinander gesprochen haben.«

Sie lächelte. »Ja, viel zu lange. Komm, lass uns reingehen. Er liegt auf der ersten Etage.«

Auch drinnen machte das Haus einen ordentlichen Eindruck. Die Wände waren hell gestrichen, und wenig erinnerte an ein Krankenhaus, alles wirkte ruhig und friedlich. Irgendwo lief leise Radiomusik.

»Bist du allein im Dienst?«

»Ja, meist geht es hier ruhig zu. Oft sind wir zu zweit, und bei den Nachtschichten wechseln wir uns mit Hersir ab. Hin und wieder übernimmt ein älterer Mann aus dem Ort eine Nacht. Hersir ist der Arzt«, erklärte sie, und Ari nickte. Ugla erzählte weiter: »Wir haben vier Zweibettzimmer, und oben werden noch vier weitere Zimmer eingerichtet. Zwischendurch fehlte wohl das Geld dafür, aber jetzt geht es voran. Das rechnet sich offenbar nur, wenn auch alle Betten belegt sind. Bis vor Kurzem waren wir voll, aber jetzt haben wir wieder Kapazitäten. Ich glaube, Hersir verhandelt gerade mit einigen Gemeinden in der Umgebung, sodass er weitere Bewohner aufnehmen kann.«

»Und bist du zufrieden hier?«

Sie sah ihn an, offenbar verwundert über die Frage.

»Sehr zufrieden, ja. Ich hoffe bloß, dass mein Plan aufgeht. Ich überlege zu studieren. Krankenpflege.«

»Im Ernst? Wann?«

»Vielleicht im Herbst, ich sammle hier wichtige Erfahrungen.«

Aus irgendeinem Grund fand Ari den Gedanken, sie anderswo als in Siglufjörður zu wissen, nicht ganz so schön. Sie hatten zwar mehrere Jahre nicht miteinander gesprochen, aber trotzdem war es, als gehörte ihm ein kleiner Teil von ihr. Er spürte eine Verbindung zwischen ihnen, die ihm erst jetzt so richtig bewusst wurde. Doch er versuchte, diesen Gedanken wegzuschieben, denn ihm war klar, dass daraus nichts würde. Genauso wenig wie aus Kristín und ihm.

»Ist Hersir der einzige Arzt im Haus?«, fragte Ari. Vielleicht bot sich hier eine Chance für Kristín, sodass sie beide in Siglufjörður arbeiten konnten, auch wenn sie getrennt blieben. Dann würde er Stefnir jeden Tag sehen …

»Ja, ich denke, es lohnt sich für ihn nicht, einen weiteren Arzt einzustellen, jedenfalls im Moment noch nicht. Er hat sein gesamtes Erspartes reingesteckt, und seine Frau auch. Das hat alles wahnsinnig viel gekostet, das Haus musste komplett saniert werden, aber es ist auch richtig schön geworden. Wenn die Immobilienpreise ein bisschen höher wären, würde es sich bestimmt lohnen, Wohnungen daraus zu machen und sie zu verkaufen, aber ich glaube, er will es erst einmal so versuchen. Kennst du ihn eigentlich?«

Sie befanden sich auf dem Flur, von dem die Zimmer abgingen. Die Türen zu einigen standen offen, andere nicht. Jetzt hörte Ari auch, dass die Radiountermalung aus einem der Zimmer kam, einer der Bewohner hörte Rás 1. Das erinnerte ihn an seine Oma, die ihn aufgenommen hatte, nachdem seine Mutter ums Leben gekommen und der Vater verschwunden war. Auch dort lief den lieben langen Tag der Staatssender. Mit der Zeit hatte er sich daran gewöhnt und die Beschaulichkeit und Beständigkeit lieb gewonnen.

»Ja, ich kenne ihn ein wenig«, antwortete Ari. In einer kleinen Gemeinde wie Siglufjörður kannten alle den Arzt, den Pfarrer, den Polizisten … die Überbleibsel des alten Beamtentums. »Ein sympathischer Typ, an den man sich bestimmt gut wenden kann, wenn einem etwas fehlt.«

Ugla lächelte. Ihrem Blick nach zu urteilen, mochte sie ihren Chef wirklich gern. Einen kurzen Moment überlegte Ari, ob da vielleicht sogar mehr war, zwischen Ugla und Hersir. Ein Gedanke, der ihm einen kleinen Stich versetzte. Aber er konnte es sich kaum vorstellen. Der Mann war verheiratet und deutlich älter als Ugla.

»Das da ist Hávarðurs Zimmer«, sagte sie und zeigte auf eine geschlossene Tür. »Vermutlich schläft er gerade. Er ist über achtzig und nicht mehr ganz in dieser Welt, aber zwischendurch sagt er auch Dinge, die Hand und Fuß haben, daher hat mich das dann doch beunruhigt …«

Ari nickte. »Was genau meinst du?«

»Das, was er geschrieben hat. Wir haben über das Mädchen gesprochen, das gestorben ist, meine Kollegin und ich, wir saßen bei ihm im Zimmer, weil er Gesellschaft haben wollte … so furchtbar, das arme Mädchen …« Ugla redete ohne Punkt und Komma, das alles schien sie sehr zu beschäftigen. »Dóra, so heißt meine Kollegin, die kennt die Mutter des Mädchens, und irgendwann hat sich Hávarður geregt und wollte wissen, worüber wir reden. Da kam heraus, dass er den Opa des Mädchens kannte, na, du weißt ja, hier kennt jeder jeden. Hávarður hat sein ganzes Leben hier verbracht. Wir haben ihm erzählt, was passiert ist, und dachten natürlich nicht, dass das ein Problem sein könnte, wir wollten ihn nicht aufregen, verstehst du?«

Wieder nickte Ari.

»Leider hat er das alles ziemlich schlecht aufgenommen, er ist gar nicht mehr zur Ruhe gekommen und hat mehrmals nachgefragt, ob sie wirklich tot ist. Wir hatten das Gefühl, dass er uns etwas mitteilen wollte. Das war richtig unangenehm, Ari, aber ich dachte, dass er vielleicht nur etwas durcheinanderbringt, wie gesagt, manchmal ist er ganz klar, und dann taucht er wieder in seine eigene Welt ab. Hersir ist Experte für Geriatrie, der kennt sich damit aus.«

»Soll ich mit Hávarður reden?«, fragte Ari.

Ugla zögerte. »Tja, also, ich denke, das lohnt sich kaum, man weiß nie, wann man zu ihm durchdringt und wann nicht, aber ich wollte dir etwas zeigen …«

Sie machte einen Schritt auf die Tür zu, dann zögerte sie wieder.

»Er malt gern, hat früher viel gemalt und gezeichnet, du hast sicher schon mal Bilder von ihm gesehen. Auch jetzt noch hat er immer Malsachen an seinem Bett. Und heute früh, als ich zu ihm reingeschaut habe, da habe ich das hier entdeckt ...« Sie öffnete die Tür.

13

In dem Zimmer standen zwei Betten. Das eine war offenbar nicht belegt, aber in dem anderen, nah am Fenster, lag ein Mann, wahrscheinlich besagter Hávarður, regungslos. An der Wand über seinem Bett stand in grellroter Farbe geschrieben:

Sie wurde getötet.

Immer wieder, über die ganze Wand verteilt. *Sie wurde getötet.* Es schauderte Ari. Er betrat das Zimmer und stellte sich dicht vor die Wand, sah sich das Geschriebene genau an. Die Schrift wirkte wie hingeschmiert, aber die Botschaft war deutlich. Wie das Hirngespinst eines Besessenen. Ugla hatte schon recht, dass einen dieses Geschmier angesichts des toten Mädchens aufhorchen ließ. Wusste der alte Mann womöglich etwas darüber? Hatte er auch das Mädchen gekannt oder nur seine Großeltern? Und wer hatte ihn seit ihrem Tod besucht?

»Das ist ... merkwürdig«, sagte Ari nach einer Weile.

»Ein unheimlicher Anblick«, sagte Ugla. »Ich werde es

abwaschen, aber zuerst wollte ich mit dir sprechen. Das könnte natürlich ein reiner Zufall sein, nur Unsinn, aber er hat das gestern Abend geschrieben, unmittelbar nachdem wir mit ihm über den Tod des Mädchens gesprochen hatten. Das wäre schon ein ziemlich merkwürdiger Zufall. Vielleicht weiß er irgendetwas …«

»Lässt sich das herausfinden? Ich meine, ist er geistig fit genug, um etwas aufzuschreiben, das Hand und Fuß hat?«

»Da musst du Hersir fragen, ich bin wirklich keine Expertin auf diesem Gebiet. Wie schon gesagt, er bewegt sich zwischen der Realität und seiner eigenen Welt, aber er hat auch ganz klare Momente.«

Am liebsten hätte Ari sie das Geschmier wegwischen lassen und so getan, als wäre nichts gewesen. Das Ganze als die Wirren eines alten Menschen abgetan. Das hätte ihm am besten in den Kram gepasst. Ostern stand vor der Tür, Kristín war da und – noch viel wichtiger – der kleine Stefnir. Ari hatte wirklich nicht vorgehabt, die Osterferien mit Ermittlungen zu verbringen. Als Beweismittel konnte man diese Schmiererei wohl kaum bezeichnen, einen Zusammenhang mit dem toten Mädchen gab es auch nicht zwingend, und Hávarður war nicht mehr ganz in dieser Welt. Am besten vergaßen sie das alles einfach …

Doch dann regte sich sein Pflichtbewusstsein. »Könnte ich vielleicht mit Hersir darüber sprechen, bevor ihr es entfernt?«

»Ähm, ja, natürlich, ich denke schon. Er kommt nachher, nur über Ostern wird er sich vermutlich etwas rausziehen – und wie alle Ski fahren. Du kannst auch einfach bei ihnen zu Hause vorbeischauen, sie wohnen hier ganz in der Nähe.«

»Tja, ich weiß nicht ...«, sagte Ari eher zu sich selbst als zu Ugla. Der alte Mann schlief immer noch tief und fest. Ugla fasste Ari sanft an der Schulter. »Lass uns rausgehen«, sagte sie, »nicht, dass wir Hávarður wecken.«

Sie führte ihn in die Kaffeeküche. Ugla setzte Wasser auf. »Du trinkst Tee, richtig?«

Ari lächelte. »Schwarzer Tee wäre toll.« Er trank inzwischen auch Kaffee, aber das behielt er für sich.

»Bist du denn mittlerweile mal Ski gefahren?«, fragte sie, während das Wasser heiß wurde.

»Kaum. Ich habe da Respekt vor, will mir kein Bein brechen.«

»Aber das macht so Spaß, Ari. Das ist einer der Gründe, weshalb ich hier bin, die Pisten sind so toll.«

»Aber du denkst über ein Studium nach?«

Er fühlte sich wohl mit ihr. Es kam ihm so vor, als hätten sie sich gestern noch gesehen, die Atmosphäre war angenehm und ungezwungen. Vielleicht hatte sie ihm verziehen, dass er ihr damals seine Freundin in Reykjavík verschwiegen hatte. Vielleicht, ganz vielleicht gab es die Möglichkeit, den Faden wieder aufzunehmen ... Er stutzte, hatte absolut nicht damit gerechnet, dass ihm derartige Gedanken kommen würden.

»Krankenpflege, genau. Das finde ich spannend, und ich glaube, dass ich ziemlich gut darin werden könnte.«

»Ganz bestimmt.« Und obwohl er die Antwort kannte, fragte er: »Wohnst du noch in derselben Wohnung?«

»Ja, das Haus, das ich geerbt habe, habe ich verkauft, an einen Juristen aus Reykjavík. Dadurch konnte ich die Wohnung abbezahlen. Das Haus wäre auch viel zu groß gewesen für mich allein.«

Diese Information hatte sie mit Sicherheit nicht ohne Grund ergänzt. *Sie lebte allein.* Ari hatte mitbekommen, dass sie zwischendurch mit einem Typen von der Reederei zusammen gewesen war, aber diese Beziehung hatte nicht lange gehalten.

»Wie läuft das Klavierspielen?«, fragte sie mit ironischem Unterton. Sie hatte Ari eine kurze Zeit Klavierunterricht gegeben, aber mit dem Unterricht war ebenso abrupt Schluss gewesen wie mit ihren Treffen überhaupt.

»Ich muss zugeben, dass ich seitdem nicht viel geübt habe. Im Grunde gar nicht mehr. Aber das war damals trotzdem eine gute Basis. Manchmal setze ich mich ran und versuche etwas zu spielen, aber … na ja, ich glaube, ich muss das irgendwann noch mal richtig lernen.«

»Ich gebe keinen Unterricht mehr, das war damals vielleicht nicht die beste Idee«, sagte sie und goss heißes Wasser in einen Becher. Sie gab ihm den Becher und einen Teebeutel und fügte hinzu: »Das Klavier habe ich noch. Möglicherweise könnte ich eine Ausnahme machen und dir ein bisschen mehr beibringen. Aber ich muss dich vorwarnen: Mein Honorar ist seitdem gestiegen.« Sie lächelte.

14

Auf dem Rückweg rief Ari Kristín an.

Der Schnee rieselte zart, aber beständig. Wenn das so weiterging, war die Stadt am Abend weiß. Inzwischen kam Ari mit dem vielen Schnee hier deutlich besser zurecht. Durch den neuen Tunnel war der Ort besser erreichbar, jetzt gab es zwei Wege hinaus, und das Risiko, bei ungünstiger Wetterlage eingeschlossen zu sein, war deutlich geringer als früher, als es nur den Strákagöng und den Siglufjarðarvegur gegeben hatte und starker Schneefall einer Hiobsbotschaft gleichkam.

»Hi, Kristín, sollen wir uns heute Mittag treffen?«, fragte er.

»Ja, oder vielleicht auch schon früher«, antwortete sie. »Stefnir möchte dich sehen. Wir könnten ihn auf dem Schlitten herumziehen und den Schnee und das schöne Wetter ausnutzen.«

»Ich komme hier bald los«, sagte er und verschwieg, dass er immer noch mit den Ermittlungen zu dem Tod des Mädchens befasst war. Zumal es vermutlich gar nichts zu ermitteln gab.

Genau so hatte der Streit zwischen ihnen meist begonnen, früher, wenn er vor lauter Arbeit keine Zeit für sie gefunden hatte, und sie nicht für ihn. Jetzt, wo er einige wenige Tage mit seinem Sohn hatte, wollte er jeglichen Konflikt vermeiden. »Dann komme ich vorbei, sobald es geht?«

»Lass uns in der Bäckerei treffen, Stefnir und ich wollen gleich dorthin aufbrechen.«

Ari verabschiedete sich. Er hatte das Haus des Arztes erreicht, ein altes Holzhaus, rötlich braun gestrichen, auf einem gepflegten Grundstück, mit einem hübschen Weg vom Bürgersteig zur Haustür. Ari erinnerte sich gut an dieses Haus, das bei seinem Umzug nach Siglufjörður in einem katastrophalen Zustand gewesen war. Jetzt sah es richtig schick aus. Es hatte eine gute Größe und machte durchaus etwas her, gleichzeitig hatte es Flair und wirkte gemütlich. Das war nicht das einzige Haus, das in den letzten Jahren auf Vordermann gebracht worden war. Siglufjörður hatte sich von Jahr zu Jahr gemausert, das Skigebiet erfreute sich großer Beliebtheit, Restaurants und Hotels schossen wie Pilze aus dem Boden, und viele Isländer hatten spitzgekriegt, dass ein Ferienhaus hier im Norden eine feine Sache war. Damals hatte man solche Häuser für geradezu lächerliche Summen erstehen können. Seitdem waren die Immobilienpreise stetig gestiegen, aber sie lagen immer noch weit unter dem, was man in Reykjavík und Umgebung verlangte. Der Bankenboom der frühen Zweitausenderjahre hatte sich nicht bis nach

Siglufjörður ausgewirkt. Der aktuelle Tourismusboom allerdings schon, obwohl auch hier noch Luft nach oben war. Die Bewohner von Siglufjörður waren bereit dafür, wie es Ari schien. Es herrschte eine Art Frühlingsstimmung, in übertragenem Sinne, denn nach Frühling sah es draußen im Moment wirklich nicht aus, der Winter war definitiv noch nicht vorbei.

Ari hatte seinen Besuch nicht angekündigt. Er klopfte an die Tür, die Hersir wenig später öffnete.

»Oha, Besuch vom Polizeichef persönlich.« Hersir lächelte, doch dann wurde sein Blick ernst, und er fragte: »Ist etwas passiert?«

»Alles in Ordnung, Hersir, keine Sorge. Könnte ich einen Moment reinkommen? Es wird nicht lange dauern. Wir müssten nur kurz über einen Ihrer Patienten sprechen.«

»Ja, natürlich.« Er machte Platz und führte Ari zum Esszimmertisch, nicht weit von der Diele entfernt. Wohn- und Esszimmer befanden sich im selben Raum, der auch zur Küche hin offen war. Wie in einem Sommerhäuschen, einem gut ausgestatteten, warmen und gemütlichen.

»Es geht um Hávarður.«

Hersir hatte sich gesetzt. Er legte den Kopf schief. »Ach ja?«

»Ich weiß nicht so recht, wie ich es beschreiben soll … Er hat diese Nacht etwas an die Wand in seinem Zimmer geschrieben, nachdem Ihre Mitarbeiterinnen … na ja, also … sie hatten mit ihm über das Mädchen gesprochen, das gestern früh gestorben ist. Er scheint ihre Familie gekannt zu haben.«

»Was sagen Sie da?« Hersir wirkte erschrocken. »Er hat etwas an die Wand geschrieben? Woher wissen Sie das? Ich verstehe nicht ganz ...«

Da wurde Ari bewusst, dass er möglicherweise Ugla in Schwierigkeiten brachte. Aber das ließ sich jetzt nicht mehr ändern.

»Ugla, Ihre Mitarbeiterin, hat angerufen, weil sie dachte, dass das womöglich mit dem Tod des Mädchens zu tun hat.«

»Mit dem Tod des Mädchens? Wie, bitte, sollte Hávarður ...« Mitten im Satz brach Hersir ab. »Vielleicht erzählen Sie mir zunächst einmal, was genau er geschrieben hat. Sie hätte mich anrufen müssen ...« Er schüttelte den Kopf.

»Er hat geschrieben: *Sie wurde getötet.*«

»Bitte?« Hersir war sichtlich bestürzt. »Was soll das heißen?«

»Das hat Hávarður an die Wand geschrieben, immer wieder.«

»Und ...« Hersir wirkte richtig mitgenommen.

»Ich sage nicht, dass das tatsächlich mit dem Tod des Mädchens zu tun hat, aber ... merkwürdig ist es schon.«

»Sehr merkwürdig.« Dann fügte er hinzu: »Noch merkwürdiger ist, dass Ugla nicht zuallererst mich informiert hat. Der gute Mann ist schwer krank, in hohem Grad senil ...«

»Versetzen Sie sich mal in Uglas Lage, sie war erschrocken und hat mich angerufen. Wir kennen uns recht gut, und ich untersuche den gestrigen Todesfall. Das war ganz richtig von ihr, denn wenn es auch nur den geringsten Verdacht geben sollte, dass der Tod des Mädchens eine Straftat gewesen sein könnte, muss ich davon erfahren. Derzeit denken wir, dass sie sich aus freien Stücken von der Dachterrasse gestürzt hat, so furchtbar das auch ist.«

»Schrecklich, ganz schrecklich …«, sagte Hersir.

»Erzählen Sie mir ein wenig von Hávarður. Könnte er bei Sinn und Verstand gewesen sein, als er das geschrieben hat, wenn Sie verstehen, was ich meine? Oder lebt er nur noch in seiner eigenen Welt?«

Hersir lehnte sich zurück und dachte nach. Er schien sich einigermaßen von dem Schreck erholt zu haben.

»Ich weiß nicht so recht, was ich sagen soll, Ari. Er ist alt geworden, ist senil. Manchmal sagt er etwas Sinnvolles, und dann wiederum redet er unverständliches Zeug. Ich finde es am wahrscheinlichsten, dass …« Er zögerte. »Wahrscheinlich hat das nichts zu bedeuten.« Dann fügte er hinzu: »Aber Sie glauben doch nicht, dass sie ermordet wurde?«

»Wer würde so etwas tun? Sie hatte wohl kaum eine offene Rechnung mit jemandem, war gerade mal neunzehn Jahre alt.«

»Hersir!«, schallte es durchs Haus, vermutlich aus der oberen Etage. Eine Frau in ähnlichem Alter wie Hersir, um die vierzig, erschien auf dem Treppenabsatz und kam dann die Treppe herunter. »Entschuldigen Sie, ich wusste nicht, dass wir Besuch haben.« Sie ging lächelnd auf Ari zu und streckte ihm die Hand entgegen. »Ich bin nicht sicher, ob wir uns schon einmal richtig vorgestellt haben. Ich bin Rósa, Hersirs Frau.«

Ari stand auf und nahm ihre Hand. »Ari Þór, von der Polizei.«

»Ja, natürlich, ich weiß.« Dann sah sie ihren Mann an. »Ist alles in Ordnung?«

»Ja, ja, es geht nur um den alten Hávarður. Du erinnerst dich an ihn?«

»Ach je, ist er jetzt auch gestorben, der gute Alte? Das Zimmer ganz leer …?«

»Nein, nein, er hat bloß ein bisschen Stress gemacht, eine nervige Sache, er hat wohl was an die Wand geschrieben. Ich muss gleich hingehen und es mir ansehen. Der arme Mann.«

»Wäre es in Ordnung, wenn ich mit Hávarður spreche?«, fragte Ari.

»Tja, da brauchen wir eventuell vorher eine Erlaubnis von seinen Verwandten, ein Sohn wohnt hier im Ort. Ich frage ihn zuerst, wenn das für Sie in Ordnung ist?«

Ari nickte.

»Aber wie gesagt, es ist eher unwahrscheinlich, dass Sie etwas Hilfreiches aus ihm herauskriegen, man dringt kaum noch zu ihm durch.«

Ari hatte sich nicht wieder gesetzt. Es gab keinen Grund, das Gespräch in die Länge zu ziehen. »Dann melden Sie sich doch bei mir, sobald ich mit Hávarður reden kann, okay? Einen Versuch ist es wert.«

Der Arzt stand auf. »Natürlich, das kriegen wir über die Ostertage hin. Sie sind sicher dieses Wochenende in der Stadt, oder?«

»Selbstverständlich.« Ari lächelte. »Das sind wohl alle, scheint mir.«

»Rósa und ich wollen so viel Ski fahren, wie es geht. Vielleicht sieht man sich auf der Piste.«

»Das bezweifle ich«, sagte Ari. »Aber wer weiß?«

15

Die Bäckerei hatte sich in den Jahren, seit Ari in Siglufjörður lebte, grundlegend verändert. Die Eigentümer des ursprünglich kleinen, altmodischen Ladengeschäfts hatten auf den steten Strom an Touristen reagiert, und so war die Bäckerei heute mehr ein großes Café, mit einem weiteren Raum, in dem Live-Übertragungen von Sport-Events gezeigt wurden. Alles wandelte sich, und obwohl Ari für gewöhnlich eher am Alten hing, wusste er diesen neuen, lebendigen Ort zu schätzen. Zumal es glücklicherweise immer noch die köstlichen Zimtknoten gab – wenn man denn welche abkriegte. Frisch gebacken verschwanden sie sogleich in den Bäuchen der hungrigen Bewohner und Touristen.

In Aris Kindheit war der Karfreitag der heiligste Tag überhaupt gewesen. Alles war geschlossen, und seine Eltern hatten ihm eingeschärft, dass noch nicht einmal ein Kartenspiel angemessen sei. Das Einzige, was ihm damals blieb, waren ein Buch und das abendliche Osterprogramm im Staatsfernsehen. Heute hatte dieser Tag nichts Heiliges mehr. Die Bäckerei – das Café – hatte geöffnet, und alle

Tische waren besetzt, fast alle Gäste trugen Skihosen, waren bereit für die Piste. Während es draußen schneite, herrschte drinnen eine gemütliche Stimmung, der Duft von frisch gebackenen Köstlichkeiten und Kaffee hing in der Luft. In der hintersten Ecke entdeckte er die beiden, Kristín und Stefnir.

Auch sie hatten ihn bemerkt. Kristín lächelte ihm zu, und Stefnir blickte ihm gespannt entgegen. Früher wäre er seinem Papa vielleicht entgegengerannt, doch seit Kristín und Stefnir ins Ausland gezogen waren, hatte die Distanz zwischen Vater und Sohn spürbar zugenommen. Sie verstanden sich immer noch gut, aber der Junge wirkte ihm gegenüber deutlich schüchterner. Und leider wusste Ari auch nicht, wie er das ändern sollte, abgesehen davon, dass er Kristín hinterherziehen konnte, um seinen Sohn täglich zu sehen. Kristín hatte zwar versprochen, dass sie nach dem Studium wieder zurückkämen, aber das war ein schwacher Trost für Ari, denn das Studium dauerte seine Zeit, und gerade diese frühen Jahre in Stefnirs Leben waren so wichtig. Vielleicht hätte Ari auf mehr Zeit mit dem Jungen bestehen müssen, doch er scheute sich vor solchen Auseinandersetzungen mit Kristín und wollte seinen Sohn auch nicht völlig entwurzeln. Damit täte er Stefnir keinen Gefallen. Kristín und er mussten schleunigst eine Lösung für dieses Problem finden. Aber an diesem Wochenende wollte er sich nicht damit belasten, jetzt waren sie bei ihm, und er wollte die Zeit genießen.

»Hi.« Er umarmte Kristín und seinen Sohn. Kristín hatte eine Tasse Kaffee, und der Kleine schlürfte Orangensaft und aß Schmalzgebäck. »Ich hole mir auch noch eben etwas«, sagte Ari und stellte sich in die Schlange an der Theke. Während der Wartezeit klingelte sein Handy.

»Hi, hier ist Ugla.«

»Hi.« Er drehte sich kurz um, doch Kristín war in sicherer Entfernung. Sie musste nun wirklich nicht mitbekommen, dass er mit Ugla telefonierte.

»Hersir hat angerufen. Er ist auf dem Weg hierher, er will nach Hávarður schauen, und danach soll ich die Wand putzen. Ist das okay?«

»Klar, ich kann es euch ja schlecht verbieten. Aber würdest du mir den Gefallen tun und vorher ein Foto davon machen?«

»Kein Problem.« Darauf folgte eine kurze Stille, ehe sie hinzufügte: »Kommst du bald mal auf einen Kaffee vorbei? Ich bin das ganze Wochenende in der Stadt.«

Und genauso wenig, wie er vor Kristín Ugla erwähnen wollte, wollte er Ugla gegenüber die Dinge verkomplizieren. »Das wäre toll. Ich … ich … ich melde mich, wenn ich Zeit habe. Ich habe dieses Wochenende viel zu tun, wegen der Arbeit, aber wer weiß.«

Sie verabschiedeten sich. Jetzt war er an der Reihe. Er bestellte sich einen Tee, wie immer, aber die Zimtknoten waren aus. Der Mann vor ihm hatte ihm den letzten vor der Nase weggeschnappt.

16

»Erzählen Sie mir von Unnur«, sagte Ari. Er saß in Salvörs Wohnzimmer. Es brannte kein Licht, aber von draußen kam noch genug Helligkeit herein. Kristín war mit Stefnir auf den Spielplatz gegangen, während Ari kurz auf der Wache vorbeischauen wollte. Dort hatte Salvör ihm unzählige Nachrichten hinterlassen. Ein Besuch bei ihr hatte ohnehin angestanden, schon allein, um sein Gewissen zu beruhigen nach Uglas Entdeckung und dem Zweifel, den sie gesät hatte – der vielleicht aber auch schon vorher da gewesen war. Hersir hatte ihn zwar ermahnt, die Worte des alten Mannes nicht zu ernst zu nehmen, doch es blieb Ari gar nichts anderes übrig; er musste alle Spuren ernst nehmen.

»Danke, dass Sie gekommen sind«, sagte Salvör zum zweiten Mal. Sie hatte verweinte Augen und sah müde aus.

»Pfarrer Eggert war heute Nacht hier, er ist so lange geblieben, wie es ging. Wir haben sonst niemanden hier im Ort, keine enge Familie, verstehen Sie? Meine Schwester lebt im Ausland und muss arbeiten, aber sie versucht, sich freizunehmen.«

»Und Unnurs Vater?«
»Der lebt in den USA. Er ist gestern Abend nach Island geflogen, ich nehme an, er wird bald eintreffen. Wir sind geschieden.« In dieser Situation erkannte Ari sich wieder: der Vater in einem Land, Mutter und Kind in einem anderen. Am liebsten hätte er sich nach der Beziehung zwischen Vater und Tochter erkundigt, um ein Gespür dafür zu kriegen, in welche Richtung es sich für ihn und Stefnir entwickeln mochte …
»Dann treffe ich ihn vielleicht später.«
»Bestimmt.«
»Aber erzählen Sie mir von ihr, von Ihrer Tochter, wenn Sie können …«
Er war sich wirklich nicht sicher, ob sie das konnte, in ihrem Zustand. Doch sie nahm sich zusammen, holte tief Luft, wischte eine Träne von ihrer Wange und hob den Blick.
»Unnur, sie war … sie war einfach wunderbar. Es hat nie Probleme gegeben, sie hat nie Stress gemacht. Sie war unglaublich fleißig in der Schule, war meist Klassenbeste.«
»Sie ist in Ólafsfjörður aufs Gymnasium gegangen, oder?«
»Ja, genau. Sie hatte überlegt, nach Reykjavík zu wechseln, aber sie wollte lieber bei mir bleiben, war noch nicht bereit, auf eigenen Füßen zu stehen, glaube ich. Sie war schon ein Mamakind. Wir haben uns immer gut verstanden und uns hier wohlgefühlt. Ich arbeite bei der Reederei, bin Finanzdirektorin. Das ist ein guter Job, gut bezahlt,

und es geht uns … es ging uns gut hier. Das ist ein netter Ort, wenn man gern draußen ist. Die Stadt und der Fjord sind so schön ruhig und beschaulich. Wenn man sich daran gewöhnt hat, kann man sich ein Leben in Reykjavík kaum noch vorstellen.« Sie machte eine Pause. Schloss die Augen. Tränen liefen über ihre Wangen.

»Sind Sie hier geboren und aufgewachsen? Sie beide?«

»Ja, meine Eltern haben ihr ganzes Leben in diesem Haus verbracht. Sie sind leider beide schon gestorben, haben mich erst spät bekommen. Svavar und ich haben hier lange zusammen gewohnt. Er kam als Kapitän her, aber dann hat er sich in eine Frau aus Reykjavík verliebt. Sie ist in die USA gezogen, und er ist ihr gefolgt …« In ihrer Stimme schwang Bitterkeit mit, vielleicht auch Wut, doch Ari hatte das Gefühl, dass es Salvör insgesamt ein bisschen besser ging. Wahrscheinlich sprach es sich leichter über diese gewohnten Themen, die Ehe und die Trennung. Doch Ari musste das Gespräch zurück auf schwierigeres Terrain lenken.

»Und Unnur, war sie mit jemandem zusammen?«

»Ob sie einen Freund hatte, meinen Sie?«

Ari nickte.

»Nein, für so etwas hat sie sich nicht die Zeit genommen. Wenn, dann hätte sie es mir erzählt. Das … das sollte alles später noch kommen«, sagte Salvör, und wieder strömten Tränen. »Sie wollte erst die Schule beenden und zur Uni gehen. Sie war ein sehr hübsches Mädchen, hätte jeden haben können, aber, ja, sie wollte warten. Sie war gewissenhaft, wirklich sehr gewissenhaft, die Schule stand an erster Stelle.« Dann fügte sie hinzu: »Blitzgescheit, ein richtig kluges Mädchen.«

»Und Freunde, Freundinnen?«

»Wissen Sie, sie hatte keinen großen Freundeskreis. Sie hatte eine gute Freundin, Sara heißt sie, sonst niemanden, glaube ich. Sie gehörte keiner Clique an, da war sie einfach nicht der Typ für. Sie war ruhig, fleißig, ist gern bei mir zu Hause gewesen.«

»Und Geschwister hatte sie keine, oder?«

»Nur ihre Halbgeschwister in Amerika.«

»Gab es viel Kontakt zwischen ihnen?«

»Nicht besonders. Es hätte mehr sein können, aber es ist ja auch ziemlich weit von Siglufjörður nach Boston, eine ganz schöne Distanz.«

»Sagen Sie mir, Salvör, hat sie getrunken?«

»Sie war keine Abstinenzlerin, falls Sie das meinen, hin und wieder hat sie etwas getrunken, aber völlig in Maßen, höchstens Mal ein Gläschen. Da gab es keinerlei Probleme, das kann ich Ihnen versichern. Wir trinken nicht viel in diesem Haus, und es gab nie Alkoholprobleme in der Familie, weder bei mir noch bei Svavar.«

»Und, entschuldigen Sie die Frage, aber ich muss sie stellen: Wahrscheinlich hat sie auch keine Drogen konsumiert …?«

»Natürlich nicht.«

»Ich weiß, dass es hier im Ort Rauschmittel gibt, wie vermutlich überall, und dass einige junge Leute das ausprobieren. Sind Sie ganz sicher, dass sie nicht in schlechte Gesellschaft geraten ist?«

»Ganz sicher«, antwortete Salvör entschieden. »Ari, ich weiß, es wäre für alle die einfachste Erklärung, dass meine Tochter in irgendeinen Schlamassel geraten ist und sich das Leben genommen hat. Aber das ist ausgeschlossen. Das müssen Sie schon besser hinkriegen.« Ari sah, dass Salvör mit den Tränen kämpfte.

Hávarður hatte er noch nicht erwähnt. Das eilte nicht, zumal es auch kaum direkt mit der Sache zu tun haben konnte. Aber es juckte Ari schon. Überhaupt juckte es ihn nach diesem Gespräch, weitere Fragen zu stellen. Anscheinend war Unnur Svavarsdóttir ein Musterkind gewesen, eine gute Schülerin, die gern viel Zeit zu Hause verbrachte und keinerlei Laster hatte. Doch die Erfahrung hatte Ari gelehrt, dass dem nie so war, dass die Welt nie entweder schwarz oder weiß war, sondern sich alle irgendwo im Graubereich bewegten. Unnur musste Geheimnisse gehabt, musste irgendetwas für sich behalten haben. Die Frage war nur, ob diese Geheimnisse der Grund dafür waren, dass sie sich das Leben genommen hatte, oder ob jemand anderes sie umgebracht hatte, damit gewisse Dinge nicht ans Licht kamen.

»Was, glauben Sie, ist passiert, Salvör?«, fragte er schließlich, leicht zögernd.

Sie schwieg eine Weile, dann antwortete sie schluchzend: »Ari, ich kann es mir beim besten Willen nicht vorstellen. Ich begreife das einfach nicht. Ich habe seit ungefähr vierundzwanzig Stunden kein Auge zugetan und an nichts anderes gedacht. Das Einzige, was mir einfällt, ist, dass jemand sie gestoßen hat, dass jemand mein Mädchen umgebracht hat. Aber ich weiß nicht, warum, und das macht mich völlig fertig.«

Er schwieg, wusste nicht, was er darauf sagen sollte.

Vor ihm auf dem Tisch lagen Fotoalben, einige davon geöffnet, und dazwischen jede Menge loser Fotos, doch in dem Schummerlicht erkannte Ari wenig. Er konnte sich nicht entsinnen, dass er Unnur je begegnet war, wenn er mit Jugendlichen aus dem Ort zu tun gehabt hatte. Das waren meist immer wieder dieselben Kandidaten, aber zu denen schien Unnur keinen Kontakt gehabt zu haben.

»Gibt es ein Tagebuch?«, fragte er schließlich. Salvör zuckte zusammen, als wäre sie gerade ganz woanders gewesen, als hätte sie vergessen, dass Ari mit ihr am Tisch saß.

»Bitte? Entschuldigen Sie, ich war kurz weg. Was haben Sie gefragt?«

»Hat Unnur Tagebuch geschrieben?«

»Nein, ich glaube, nicht. Oder nein, ich bin mir ganz sicher, dass sie das nicht getan hat. Das hätte sie mir erzählt. Sie hatte nur ihren Schulkalender. Darin hat sie Schulsachen notiert, Stichpunkte für Prüfungen und solche Dinge. Sie können gern einen Blick hineinwerfen, wenn Sie möchten.«

»Das wäre gut, danke.«

Salvör stand auf.

»Gehen wir in ihr Zimmer, es ist gleich dahinten.«

Das Zimmer war groß und ordentlich, bis auf das ungemachte Bett. Auf dem Schreibtisch ein Stapel Schulbücher, daneben ein Laptop, in einem Wandregal Romane und Kinderbücher und auf dem Schreibtischstuhl Unnurs Schultasche.

»Sie hat es immer da drinnen«, sagte Salvör, öffnete die Tasche und gab Ari ein abgegriffenes Buch.

»Danke. Dürfte ich den Laptop auch mitnehmen?«

»Den Laptop?« Salvör zögerte. »Ähm, ja, aber ich bekomme ihn zurück, oder? Und auch das Buch?«

»Selbstverständlich. Ich will nur nichts übersehen, das erklären könnte, was geschehen ist.«

»Okay. Nehmen Sie den Laptop. Sonst noch etwas?«

Er schaute sich um. »Ich denke nicht. Zumindest vorerst.«

Er ging zurück in den Flur, während Salvör zögerte, das Zimmer ihrer Tochter noch nicht wieder verlassen wollte.

»Ich denke, ich breche jetzt auf, aber ich melde mich bald, Salvör.«

Sie sah ihn an und rang sich ein Lächeln ab. »Okay.«

»Ach so, der Computer, ist der gesperrt? Brauche ich ein Passwort? Und zum Stichpunkt Passwort fällt mir ein: Sie hatte ihr Handy dabei, auch das ist gesperrt. Ich werde es nach Reykjavík schicken, es sei denn, Sie kennen den Code?«

»Den Code? Ja, Unnur4321. Sie hat meist dasselbe Passwort verwendet, oder ganz ähnliche. Unnur4321 für den Computer und einfach nur die 4321 fürs Handy.«

»Sie hat Ihnen ihre Passwörter verraten?«

»Wie gesagt, Ari, es gab keinerlei Geheimnisse zwischen uns. Das können Sie mir glauben.«

17

Gleich nach dem Besuch bei Salvör holte Ari seinen Sohn ab. Kristín wollte die Gelegenheit nutzen und ihre Freundinnen in Akureyri treffen.

Ari hatte die Spielplätze der Stadt mit dem Jungen abgeklappert, dem Wetter entsprechend dick eingepackt, bis sie in die Eyrargata zurückgekehrt waren und es sich in Stefnirs altem Zimmer unterm Dach gemütlich gemacht hatten, mit seinen alten Spielsachen, denen er langsam entwuchs. Sie hatten auf dem Boden gelegen und gespielt, wie früher, bis Stefnir müde wurde und schlafen wollte. Ari hatte sich mit ihm ins Bett gelegt, ihn an sich gekuschelt und ihm vorgelesen, bis sie beide eingenickt waren.

Sie hatten eine Weile geruht, und als Ari aufgewacht war, hatte er auch den Jungen geweckt, ihm etwas zu essen gegeben und ihn dann weiterschlafen lassen.

Gegen neun Uhr kehrte Kristín zurück. Ari saß am Klavier, als sie reinkam. Er hatte versucht, aus seinem Gedächtnis hervorzukramen, was er früher bei Ugla gelernt hatte. Nach dem abrupten Ende der Klavierstunden hatte er am Ball bleiben wollen und sich einige Lehrbücher und einfache Klaviernoten besorgt, und obwohl er sich ganz bewusst aufs Spielen konzentrierte, musste er zugeben, dass zwischen den mehr oder weniger harmonischen Tönen immer wieder Ugla in seinen Gedanken aufblitzte. Er hatte es damals vermasselt. Und dann hatte er auch noch die Beziehung mit Kristín vor die Wand gefahren, wobei natürlich sie beide ihren Anteil daran hatten. Er wollte einen letzten Versuch wagen, die Beziehung mit Kristín zu retten, obwohl ihm insgeheim klar war, dass ihn vor allem Pflichtbewusstsein antrieb, dass er die kaputte Vase kitten wollte, weil sie heil einfach besser aussah.

»Und, war er brav?«, fragte sie liebevoll. Für einen kurzen Moment kam es Ari so vor, als wäre nichts passiert, als wäre alles wieder gut. Er blickte auf und sah ihr in die Augen.

»Es war super. Er schläft wie ein Stein. Ich glaube, die frische Seeluft hat ihm gutgetan«, sagte er und musste feststellen, dass er den Künstler zitierte, Guðjón, der seinen Spaziergang in der Nacht von Unnurs Tod ganz ähnlich gerechtfertigt hatte.

»Frische Luft gibt es nicht nur in Siglufjörður«, entgegnete Kristín, die plötzlich anders klang, nur eine Nuance, aber dennoch spürte Ari die Spannung.

»Wie war es in Akureyri? Geht es deinen Freundinnen gut?«, fragte er.

Besagte Freundinnen hatten mit Kristín am Krankenhaus Akureyri gearbeitet, bevor sie nach Schweden gezogen war.

»Sie haben sich nicht verändert, und auch sonst ist alles wie früher, die machen noch dieselben Jobs, haben dieselbe Routine«, antwortete sie, und Ari war sich nicht sicher, ob sie auf die Freundinnen herabschaute, ob sie andeuten wollte, dass sie selbst in ihrer Karriere vorankam, während die anderen auf der Stelle traten, oder ob sie in gewisser Weise neidisch war und es bereute, dass sie mit Stefnir ins Ausland gegangen war. Wie so oft ließ sich ihre Mimik schwer deuten, obwohl er Menschen eigentlich ziemlich gut lesen konnte.

»Hast du schon gegessen?«, fragte er. Er selbst hatte nur Toastbrot gehabt.

»Ja, die anderen haben Pizza bestellt, bevor ich gefahren bin, und ich habe noch ein paar Stücke gegessen.«

Dieselbe Idee hatte auch er gehabt, Pizza nach Hause kommen zu lassen und einen entspannten Abend mit Kristín zu verbringen, herausfinden, ob es etwas zu retten gab.

»Ah, okay, ich bin nämlich schon ein bisschen hungrig …«, sagte er. Hoffte, dass sie vorschlug, beim Restaurant in der Aðalgata anzurufen, die Pizzen dort hatten sie beide immer richtig gern gegessen.

Sie sah auf die Uhr.

»Das Restaurant im Hotel müsste noch offen sein«, sagte sie und lächelte, und diesmal hatte er keine Schwierigkeiten, zwischen den Zeilen zu lesen. Er stand vom Klavier auf, ebenfalls lächelnd.

»Stimmt. Ich bin es nicht gewohnt, im Hotel zu residieren. Wie hast du dir denn den morgigen Tag vorgestellt?«

»Ich habe keinen konkreten Plan, sondern will es entspannt angehen lassen. Magst du einfach vorbeischauen, wenn du freihast und etwas mit ihm unternehmen willst? Ihr könntet mal das Skifahren ausprobieren ...«

Das war keine schlechte Idee. Der Junge war drei. Wer in diesem Alter mit dem Skifahren anfing, konnte es zu etwas bringen. Zumal Ari die nächsten Jahre sicher noch in Siglufjörður bleiben würde ...

»Ja, ich glaube, es gibt gutes Skiwetter morgen, und auf der Hütte finde ich bestimmt einen Lehrer für den Jungen.«

»Wenn das jemand schafft, dann wohl du. Du kennst doch mittlerweile jeden hier, oder?« Jetzt lächelte sie wieder. »Dann kann ich mich ein wenig ausruhen, während ihr beide euch auf der Piste amüsiert. Ich kann Kakao kochen, wenn ihr zurückkommt. Wie klingt das?«

Auch jetzt war es schwer, sie einzuschätzen. Mal kamen Vorschläge wie diese, die an früher erinnerten, als sie noch eine Familie waren, und dann wiederum fühlte es sich an, als wollte sie Ari auf Distanz halten.

»Das wäre toll«, sagte er freundlich, ging aus dem Wohnzimmer in die Küche, an Kristín vorbei in die Diele und zog seine Jacke an. »Willst du einen Schluck Rotwein trinken? Ich kann eine Flasche aufmachen.« Er sah in Richtung der kleinen Speisekammer. »Eine oder zwei Flaschen habe ich immer da, auch wenn sie nicht oft zum Einsatz kommen.« Das stimmte tatsächlich, denn er trank nie allein, und Gäste kamen eher selten.

105

Sie sah auf die Uhr. »Ich bin schon ziemlich müde, Ari, ich denke, ich lege mich hin. Ich freue mich auf Stefnir, den habe ich richtig vermisst.«

Jetzt wusste Ari auch nicht mehr weiter.

»Kein Problem, dann vielleicht ein andermal. Und ich teste das Restaurant im Hotel …«

Was er dann doch nicht tat, denn er war ein recht sparsamer Mensch. Sein Gehalt war nichts, worüber man in Jubel ausbrach, und die Mieteinnahmen seiner Wohnung in Reykjavík flossen größtenteils in die Tilgung des Kredits. Trotzdem hatte er sich mit der Wohnung eine gute Rücklage geschaffen, denn seit dem Kauf damals war ihr Wert um einiges gestiegen.

Auf dem Weg zum Hotel machte er bei dem Restaurant auf der Aðalgata halt und nahm die Pizza anschließend mit auf sein Zimmer. Es war inzwischen ganz schön kalt draußen, und er freute sich, ins Warme zu kommen. Beim Essen sah er sich eine isländische Doku im Staatsfernsehen an, dann legte er sich ins Bett und wollte schlafen. Doch es klappte mal wieder nicht. Ari musste an das tote Mädchen denken und an die Botschaft des alten Mannes im Pflegeheim. Auch das Gespräch mit Salvör beschäftigte ihn, er hatte Mitleid mit ihr und wollte ihr gern helfen, obwohl er sich eigentlich nach einem friedlichen Wochenende mit seinem Sohn sehnte.

Schließlich stand er auf und holte Unnurs Laptop und ihren Schulkalender hervor. Neben dem Fernseher stand ein kleiner Sekretär, an den er sich setzte, doch irgendwie kam er sich in diesem Kämmerlein zu einsam vor, daher ging er runter in die Hotellobby. Dort war trotz der späten Stunde einiges los, auch die Bar war noch geöffnet. Am Kamin saßen die Leute dicht beisammen, aber ganz hinten, fern der Wärme, fand Ari einen Platz. Vorsichtig klappte er den Laptop auf, sah sich um, als täte er etwas Verbotenes, und als er das Passwort eintippte, kam es ihm tatsächlich so vor, als ob er in das Privatleben einer Fremden eindrang, als ob er etwas ausspionierte, das ihn nichts anging. Und zweifellos war da etwas dran. Er hatte dieses Mädchen nicht gekannt und sollte deshalb auch nicht in ihrem Computer und ihrem Kalender herumstöbern. Doch ihre Mutter hatte ihm aufgetragen, herauszufinden, was geschehen war, und wenn auch nur die geringste Möglichkeit bestand, dass der Tod des Mädchens kein Suizid war, dann war es seine Pflicht, jeden Stein umzudrehen.

Auf dem Laptop befanden sich hauptsächlich Aufsätze und andere Dinge, die mit der Schule zu tun hatten, nichts davon wirklich persönlich. Ari zögerte, ehe er das Mailprogramm öffnete, doch er gab sich einen Ruck. Er überflog die neuesten Nachrichten, die letzten Eingänge waren zwei ungeöffnete Mails von ihrer Schule, nach ihrem Tod versandt. Auch der Großteil der übrigen Mails hatte mit der Schule zu tun. Die Mails, die sie selbst verschickt hatte, waren freundlich und in gutem Isländisch verfasst. Insgesamt machte Unnur einen sorgfältigen, gewissenhaften Eindruck. Ari entdeckte auch einige Nachrichten zwischen ihr und ihrem Vater, der bald in Siglufjörður eintreffen würde, und überlegte, ob er noch warten und erst die Erlaubnis von beiden Elternteilen einholen sollte. Doch jetzt war es ohnehin zu spät … Der Kontakt zwischen Vater und Tochter wirkte herzlich, und sie schienen in regelmäßigem Austausch gestanden zu haben.

Hin und wieder gab es Mailwechsel zwischen Unnur und einer Sara. Das musste das Mädchen sein, das Salvör erwähnt hatte, Unnurs einzige Freundin. Ari überflog die Mails, und tatsächlich schien Sara ihre Freundin und Schul- oder auch Klassenkameradin gewesen zu sein. Es handelte sich um nur wenige Mails, in denen sie dem ersten Anschein nach über nichts Geheimes geschrieben hatten. Und es deutete auch nichts darauf hin, dass Unnur einen Freund gehabt hatte.

Um ihn herum gesellten sich immer noch weitere Hotelgäste dazu, die meisten Skifahrer. Ari war froh, dass er nicht viele Gesichter kannte und einigermaßen in Ruhe arbeiten konnte. Er hatte sich eine heiße Schokolade bestellt, die er genüsslich schlürfte. Fast fühlte er sich, als hätte er selbst den ganzen Tag auf Skiern gestanden, und er überlegte, ob der heiße Kakao unterm Strich vielleicht sogar das Beste am Skifahren war.

Mit dieser Sara musste er auch sprechen, wenn er sich nun tatsächlich dazu entschied, den Fall richtig zu untersuchen. Wobei er immer noch bezweifelte, dass es an dieser Tragödie etwas zu ermitteln gab. Andererseits wollte er Unnurs Mutter nicht enttäuschen, und auch das Geschmier des alten Mannes ließ ihn nicht los. Sehr wahrscheinlich gab es keine echte Verbindung zu Unnurs Tod, doch die Botschaft war und blieb bedrückend und unheimlich ...

Ari nahm sich das Handy vor, mit dem es sich ähnlich verhielt wie mit dem Laptop. Die üblichen Apps und nichts, was besonders ins Auge stach. Nachrichten nur zwischen Unnur und ihrer Mutter, ihrem Vater und besagter Sara. Auf den ersten Blick nichts, was einen Entschluss erklärte, sich das Leben zu nehmen. Dennoch wollte er Ögmundur bitten, das Gerät nach Reykjavík zu schicken, falls sich noch weitere Informationen darauf verbargen.

Er legte das Handy zur Seite und schlug den Kalender auf. Obwohl er auch darin nicht herumschnüffeln wollte, begann er zu lesen und blätterte ihn langsam durch. Auch hier überraschte nichts, außer dass das Buch nichts Persönliches von dem Mädchen preisgab. Der Kalender war ordentlich und übersichtlich geführt, Aufgaben, Prüfungen, Freizeit. Kein intimes Wort. Als ob jemand anderes hineingeschrieben hätte, die Seiten so gefüllt hätte, dass es wie der typische Kalender eines Schulmädchens aussah.

War es vielleicht tatsächlich so ...?

Er blätterte in die Zukunft, aber da gab es nur noch wenige Einträge. Einige Prüfungen und Projektarbeiten in diesem Schuljahr. Für den Sommer hatte sie Infos zu einer Reise in die USA eingetragen, ein zweiwöchiger Besuch bei ihrem Vater. Danach kam nichts mehr – oder fast nichts mehr.

Mitte September stach etwas aus allen anderen Notizen in diesem Buch hervor. Dort stand in relativ großer Schrift:

Siglunes

Dahinter ein Fragezeichen. Und ein Herz.

Noch interessanter fand Ari, dass Unnur diesen Eintrag später durchgestrichen hatte, als hätte sie den Plan aufgegeben.

Ari wusste ein wenig über Siglunes, war aber selbst noch nie dort gewesen, auf der Halbinsel zwischen den Fjorden Siglufjörður und Héðinsfjörður. Er hatte zwar hin und wieder daran gedacht, dass es schön wäre, sich die Gegend anzuschauen, aber der Weg dorthin war nicht zu unterschätzen, eine lange Wanderung über Geröllfelder und Lawinengebiete. Übers Wasser kam man vermutlich leichter hin. Das Gebiet war lange Zeit bewohnt gewesen, aber inzwischen nicht mehr. Wobei Ari davon gehört hatte, dass ein Vater und sein Sohn ein altes Haus dort renovierten, doch Genaueres wusste er nicht. Es wäre schon ein arger Zufall, wenn Salvör oder ihre Tochter eine Verbindung zu diesen Leuten hätten. Was wollte das Mädchen im September dort? Und warum hatte sie von ihrem Vorhaben Abstand genommen?

Er musste mit Salvör sprechen und sie danach fragen, und vielleicht auch mit Pfarrer Eggert. Der wusste alles über alle, selbst wenn es Jahre zurücklag.

Ari war auf dem Weg in sein Zimmer, als sein Handy klingelte. Ein Anruf von Ugla.

Er machte einen kleinen Umweg und trat auf den Balkon, der vom Flur abging, brauchte frische Luft. Es war sonst niemand draußen, und er lehnte die Tür an und ging ans Handy. Es war diese knackig frische Kälte, die Ari so typisch für Siglufjörður fand und die er noch nirgendwo anders erlebt hatte. Er trug einen Pulli, aber keine Jacke, daher fror er grenzwertig. In dieser nördlichsten Gemeinde Islands hielt man es nur aus, wenn man mit dem Wetter Freundschaft schloss, wenn man alle Jahreszeiten zu schätzen lernte. Wenn man sich auf die klirrend eisigen Winterabende genauso sehr freuen konnte wie auf die schönen Sommertage, in denen die nächtliche Dunkelheit nur eine ferne und blasse Erinnerung war und die Sonne das Örtchen geradezu aufheizte. Wenn man verstand, dass die Kälte erquickend für Körper und Seele sein konnte.

»Hi«, sagte er und blickte über den dunklen, winterlichen Fjord. Die Lichter der Stadt verliehen ihm etwas Zauberhaftes.

»Hi, tut mir leid, dass ich so spät noch anrufe.«

»Ach, kein Problem. Ich bin wach, habe ein wenig gearbeitet.«

»Gearbeitet? An unserem Fall?«, fragte sie. »An der Sache mit Hávarður?«

»Nein, ich schaue mir gerade die Sache mit dem Mädchen noch einmal genauer an«, antwortete er und kam erst dann darauf, dass Ugla genau das meinte, weil sie glaubte, dass die Botschaft an der Wand und der Todesfall in der Aðalgata zusammenhingen.

»Okay. Ich wollte dir nur noch eine Sache sagen, im Vertrauen, versteht sich ...« Sie zögerte, wirkte unsicher.

»Ja, lass hören. Stimmt etwas nicht?«

Wieder zögerte sie. »Nein, alles gut«, sagte sie. »Ich habe nur vorhin mit Hersir gesprochen, er hat angerufen, weil ... Er war nicht einverstanden ...«

»Nicht einverstanden?«

»Ja, nicht einverstanden, dass ich mit dir gesprochen habe.« Nach einer Pause fügte sie hinzu: »Er war sogar ziemlich wütend.«

Ari war überrascht. »Wütend?«

»Ja, ich ... ich bin bloß froh, dass er mich nicht rausgeworfen hat. Er sagt, ich habe einen Fehler gemacht.«

»Hat er das näher erläutert?«

»Er meint, ich hätte nicht zur Polizei rennen und diesen Kinderkram petzen dürfen, ich hätte einen Vertrauensbruch gegenüber dem Patienten begangen, das sei eine sehr ernste Sache ...« Sie redete schnell. »Und, ja, er sagt, er muss mir vertrauen können ...«

»Und ich gehe davon aus, er rechnet auch nicht damit, dass du mir von seinem Anschiss erzählst.«

»Bitte? Nein, natürlich nicht. Ich glaube, er weiß nicht, dass wir ... ähm, dass wir Freunde sind, Ari.«

Ari stutzte. Sie hatten mehrere Jahre lang kein Wort miteinander gesprochen, nachdem ihre Bekanntschaft ziemlich unschön geendet hatte, und trotzdem bezeichnete sie sie als Freunde. Er wunderte sich, und gleichzeitig hörte er es gern.

»Das ist schon eine merkwürdige Reaktion, finde ich«, sagte er. »Natürlich behalte ich das für mich. Du hast genau die richtige Entscheidung getroffen, Ugla, damit das klar ist. Unter solchen Umständen muss man die Polizei informieren.«

»Ja, das hoffe ich. Ich vermute, er sorgt sich um den Betrieb. Anfangs lief es nicht so rund, glaube ich, und sie haben da alles reingesteckt, er und seine Frau. Haben der Stadt das Gebäude abgekauft und es von Grund auf saniert, ich mag mir kaum vorstellen, wie teuer das gewesen sein muss. Und ich weiß, dass ihr Plan erst aufgeht, wenn es Verträge mit den Behörden gibt.«

»Hat das denn nicht geklappt?«

»Es hat sich immer wieder verzögert. Das ist alles total politisch, verstehst du? Sie haben ihm oft Versprechungen gemacht, aber ohne diese Zuschüsse trägt sich das Ganze nicht.«

»Und wie läuft es im Moment?«

»Besser, glaube ich. In letzter Zeit ist er deutlich entspannter, die Bank scheint ihm nicht mehr so im Nacken zu sitzen, und für den nächsten Winter hat er eine feste Zusage für einen Vertrag. Das Schwierigste haben sie vermutlich hinter sich. Ich mag die beiden echt gern, und es geht mir gut hier. Das könnte auch langfristig etwas für mich sein, denn ich möchte eigentlich nicht aus Siglufjörður weg, höchstens zum Studieren.«

Ari schwieg, dachte immer noch über die Reaktion des Arztes nach.

»Und du?«, fragte sie schließlich.

»Ich?«

»Möchtest du von hier weg?«

Es war lange her, dass ihm jemand diese Frage gestellt hatte. Mit Kristín hatte er das Thema damals natürlich bis ins Detail diskutiert, aber nachdem sie weggezogen war, schien ihr sein Wohnort mit einem Mal völlig gleichgültig geworden zu sein, obwohl sie das gemeinsame Sorgerecht für Stefnir hatten. Auch mit Tómas hatte er über Siglufjörður und die Zukunft gesprochen. Die beiden waren mit der Zeit Freunde geworden, trotz des Altersunterschieds, aber seit Tómas in Reykjavík war, hatten sie nur noch sporadisch Kontakt.

»Jedenfalls nicht sofort«, antwortete Ari nach einem unangenehm langen Schweigen. Irgendetwas an dieser Stadt zog ihn an, als wollte sie ihn nicht gehen lassen. Anfangs hatte er nicht im Traum daran gedacht, länger zu bleiben, doch inzwischen fühlte er sich in diesem kleinen, friedlichen Ort ziemlich wohl.

»Hör mal, du behältst das alles für dich, ja?«, sagte Ugla noch einmal.

»Natürlich«, antwortete Ari, obwohl er bereits den Entschluss gefasst hatte, erneut bei Hersir vorbeizuschauen.

»Ich gehe jetzt besser schlafen. Entschuldige noch mal die Störung«, sagte sie.

»Kein Problem.«

»Vielleicht sehen wir uns ja am Wochenende, ich bin wie immer hier und muss auch ein bisschen arbeiten«, sagte sie, und Ari überlegte, ob sie damit signalisieren wollte, dass sie bereit war, ihnen eine neue Chance zu geben. Doch er wollte nicht zu viel hineininterpretieren.

»Ja, bestimmt«, sagte er und verabschiedete sich.

Der Nordwind war immer noch beißend kalt – Zeit, aufs Zimmer zu gehen und unter die Decke zu kriechen, der Nacht das Feld zu überlassen und sich von diesem langen Freitag zu verabschieden.

SAMSTAG

18

Am Samstagmorgen wurde Ari von seinem klingelnden Handy geweckt. Er hatte nicht unbedingt ausschlafen wollen, aber ärgerlich war diese frühe Störung dennoch. Er warf einen Blick auf das Display: *Salvör*. Er hatte ihr am Vortag seine Handynummer gegeben. Das bereute er jetzt.

Er ließ es klingeln, stand auf und zog den schweren Vorhang vom Fenster. Es ging auf zehn Uhr zu. Draußen schneite es heftig, so wie es nur hier im Norden schneien konnte, im Süden kannte er solches Wetter höchstens aus Kindheitserinnerungen – einer nicht unbedingt verlässlichen Quelle.

Der Samstag vor Ostern hatte für Ari einen besonderen Glanz, auch das rührte aus seiner Kindheit. Der Karfreitag war bei ihm zu Hause heilig gewesen, obwohl seine Eltern nicht besonders gläubig gewesen waren, und wenn dieser ewig lange Freitag endlich geschafft war, verhieß der Samstag die Freiheit eines gewöhnlichen Tages. Manchmal waren sie sogar Burger essen gegangen, anstatt zu Hause zu kochen. Vielleicht konnte er Kristín überreden, dass sie am Abend mit Stefnir ins Restaurant in der Aðalgata gingen, wo es richtig leckere Burger gab … Ein Hauch von dem traditionellen, altmodischen Familienleben, das er sich einst erträumt hatte und das in der jüngsten Vergangenheit in weite Ferne gerückt war.

Er nahm sein Handy vom Nachttisch und rief Salvör zurück.

»Ari? Hallo …« Sie zögerte. »Guten Morgen, habe ich Sie gestört?«

»Alles gut.«

»Unnurs Vater ist gestern Abend eingetroffen. Er möchte Sie unbedingt sehen, wenn es geht. Ich weiß, es ist Wochenende, und …«

»Nein, nein, das ist doch selbstverständlich«, antwortete Ari höflich.

»Danke, danke vielmals«, sagte Salvör mit müder Stimme. »Gibt es … gibt es etwas Neues?«

»Nichts Neues, nein«, antwortete Ari und wollte am liebsten ergänzen, dass das vermutlich so bleiben würde, dass es keine Erklärung geben, sie keinen Schuldigen finden würden.

»Tja, damit war wohl auch nicht zu rechnen«, sagte Salvör gefasst.

Ari wollte sich schon verabschieden, doch dann fiel ihm noch etwas ein. »Dürfte ich Ihnen eine Frage stellen?«

»Ähm, ja, natürlich.«

»Haben Sie eine Verbindung nach Siglunes?«

»Wie bitte? Siglunes?« Die Frage schien sie zu überraschen.

»Ja, Sie wissen doch, wo ...«

»Sicher, ich weiß, wo das ist, aber ich bin noch nie dort gewesen. Man kommt nicht so leicht dorthin, und ich gehe auch nicht gern wandern. Warum ... warum fragen Sie, Ari?«

Ari zögerte. Wenn er es erklärte, weckte das vielleicht Hoffnungen bei der armen Frau.

»Das hatte Unnur in ihren Kalender geschrieben«, sagte er schließlich. Eigentlich hatte er sie von Angesicht zu Angesicht darauf ansprechen wollen, weil er sehen wollte, wie sie reagierte, aber jetzt war es zu spät.

»In den Kalender? Warum?«

»Ich weiß es auch nicht, dieser Eintrag sticht irgendwie heraus. Ansonsten hat sie hauptsächlich Dinge notiert, die mit der Schule zu tun haben, Aufgaben, Prüfungen und so weiter ...«

»Ich verstehe das nicht. Sie ist nie dort gewesen«, sagte sie und fügte dann leise hinzu: »Zumindest nicht, dass ich wüsste.«

»Kennen Sie denn die Leute, die dort leben?«

Auf diese Frage folgte Stille in der Leitung, bis Salvör antwortete: »Na ja, Vater und Sohn, die jetzt dort leben, sind über ein paar Ecken mit mir verwandt – mit uns –, aber wirklich nur entfernt, und ich kenne sie auch nicht persönlich.«

»Und Unnur kannte sie auch nicht?«

»Nein, nein, ganz sicher nicht«, antwortete sie, doch Ari hörte leise Zweifel heraus. Möglicherweise hegte sie langsam doch den Verdacht, dass es etwas Unausgesprochenes zwischen ihr und ihrer Tochter gegeben haben musste, das Unnurs Tod erklärte.

»Vielleicht spielt es aber auch keine Rolle, und wir sollten uns nicht zu viele Gedanken darüber machen«, sagte Ari, obwohl er fest entschlossen war, dieser Spur nachzugehen. »Fällt Ihnen denn irgendeine andere Erklärung ein?«

Wieder herrschte Stille.

»Nein, keine Ahnung. Sie hat nie davon gesprochen, dass sie dorthin will, sie hat sich nie groß für Siglunes interessiert.« Sie hakte noch einmal nach: »Und das steht in ihrem Kalender, sagten Sie? Wann?«

Ari dachte nach. »September, wann genau, weiß ich im Moment nicht.«

»Sie ist ... war ... so gut organisiert. Wie ich sie kenne, hat sie nur Dinge eingetragen, die sie auch wirklich vorhatte. Aber ...«

»... was wollte sie im September auf Siglunes? Vielleicht wandern? Herbstliches Zelten?«

»Nein, sie ist nicht gern gewandert«, sagte Salvör leise, und Ari hörte ihr an, wie schwer es ihr fiel, über ihre Tochter zu sprechen. Was gut nachvollziehbar war, daher beschloss er, das Thema zu wechseln.

»Wo kann ich denn Unnurs Vater treffen?«

»Er übernachtet im Hotel.«

»Ach, da bin ich zufällig auch. Mein Sohn und meine ehemalige Partnerin sind gerade hier, und ich habe ihnen das Haus überlassen. Wenn Sie mir seine Nummer geben, können wir uns gleich hier verabreden.«

19

Aris erster Gedanke, als er sich Unnurs Vater Svavar gegenüber an den Frühstückstisch im Hotelrestaurant setzte, war, wie unterschiedlich er und Salvör auftraten. Während er Salvör nur in sichtlich aufgewühltem Zustand erlebt hatte, wirkte Svavar äußerlich gelassen. Er litt offenbar still.

Svavar hatte auf seinem Teller kaum ein Fleckchen frei gelassen, als wäre er mit leerem Magen nach Island gereist und wollte das nun wettmachen, indem er alles probierte, was das Büfett hergab.

Nachdem sie sich begrüßt und Ari Svavar sein Beileid ausgesprochen hatte, hatte Letzterer sich seinem Teller gewidmet. Erst nach einer ganzen Weile des konzentrierten Essens hatte Svavar aufgeschaut, einen Schluck Kaffee getrunken und schließlich mit fester, entschlossener Stimme gesagt: »Und Sie sind also der Mann, der herausfinden will, was meiner Tochter widerfahren ist?«

»Ich ...«

Svavar ließ ihn nicht ausreden.

»Sind Sie nicht viel zu jung für derartige Ermittlungen?« Er musterte Ari mit hochgezogenen Brauen und schien nicht zufrieden mit dem zu sein, was er sah.

Ari ließ sich davon nicht aus der Ruhe bringen. Auch wenn man es ihm nicht anmerkte, hatte der Mann einen schweren Verlust erlitten.

»Ich bin der Polizeikommissar hier im Ort«, antwortete er freundlich, »daher ist der Tod Ihrer Tochter auf meinem Tisch gelandet, fürs Erste jedenfalls. Wobei ich nicht unbedingt damit rechne, dass die Ermittlungen zu einem Ergebnis führen. Leider. Wir dürfen da nicht zu viel erwarten. Ich hoffe, Sie verstehen das.«

»Verstehen soll ich das? Kein bisschen«, entgegnete Svavar entschieden. »Hier ist etwas höchst Sonderbares geschehen. Unnur wäre nie auf die Idee gekommen, auf die Dachterrasse eines fremden Hauses zu steigen, um sich von dort hinabzustürzen. Das ist völlig absurd. Jemand trägt die Verantwortung für diese Tat, und wenn Sie sich nicht zutrauen, diesen Jemand zu finden, sind Sie Ihrer Aufgabe nicht gewachsen. Dann muss das ein anderer übernehmen.«

Ari ließ sich auch davon nicht provozieren. »Es tut mir sehr leid, was Ihrer Tochter passiert ist, das möchte ich noch einmal betonen. Haben Sie einen Grund zur Annahme, dass ihr jemand Böses wollte?«

»Ich weiß nur, dass sie sich nicht das Leben genommen hätte. Sie war stark, hat jede Herausforderung gemeistert, genau wie ihr Vater«, antwortete er mit finsterem Blick.

»Glauben Sie, jemand wollte …?«, versuchte Ari seine Frage zu wiederholen, doch erneut fiel Svavar ihm ins Wort.

»Keine Ahnung, ich weiß nicht, mit wem sie zu tun hatte. Das herauszufinden, ist Ihre Aufgabe.«

»Wie gut kannten Sie und Unnur einander, wenn ich fragen darf?«

Svavar zögerte, schien nachzudenken. Sein Blick wurde scharf, als wollte er sagen: *Was maßen Sie sich an?* Doch dann sagte er einigermaßen ruhig: »So gut, wie man es erwarten kann, gemessen daran, dass meine Ex versucht hat, mich von ihr fernzuhalten.«

»War es eine schwierige Trennung?«

Wieder schwieg Svavar.

»Da halte ich mich besser zurück. Aber am Ende haben wir uns nicht mehr verstanden, und daran hat sich bis heute nichts geändert. Ich bin nur wegen Unnur hergekommen. Salvör geht mich nichts mehr an.«

»Sie leben in Boston?«

»Das ist korrekt.«

»Und was tun Sie dort?«

»Ich, ja, ich … momentan arbeite ich nicht. Meine Frau ist Ärztin, es geht uns gut. Ich habe keine Arbeitserlaubnis und habe auch noch keine beantragt, noch nicht.«

»Und vorher waren Sie auf See?«

»Mir scheint, Sie kennen die Antworten auf alle Fragen bereits.«

Ari wartete dennoch auf Svavars Antwort.

»Ich war viele Jahre Kapitän, ja«, antwortete Svavar schließlich. »Das ist ein zehrendes Leben, zumindest auf lange Sicht. Ich war immer weg. Nicht das Beste im Familiensinne.«

»Siglunes, haben Sie irgendwelche Verbindungen dorthin?«

»Siglunes? Da bin ich nie gewesen. Früher haben sie dort Hai gefischt. Glaube ich. Warum fragen Sie?«

»In Unnurs Kalender wird Siglunes erwähnt.«

»Sie hat einen Kalender geführt?« Unnurs Vater guckte verwundert.

»Eine Art Schulkalender, daher hat mich dieser Siglunes-Eintrag überrascht.« Ari erwähnte nicht das Herz, das sie hinter den Ortsnamen gemalt hatte. Noch nicht.

Svavar lehnte sich vor, fixierte Ari und sagte in herrischem Ton: »Ari, finden Sie es heraus. Ich glaube, jemand hat meine Tochter getötet, und Sie müssen ihn kriegen.«

Ari wusste nicht, wie er auf diesen Befehl reagieren sollte. Beinahe hätte er genickt und Jawohl gesagt.

Doch ehe er die Gelegenheit dazu bekam, ergänzte Svavar: »Ich bleibe hier, bis das geklärt ist. Schluderei lasse ich Ihnen nicht durchgehen.«

Ari glaubte ihm sofort, dass er das ernst meinte. Er hatte keine Arbeit in den USA, daher hinderte ihn nichts daran, auf unbestimmte Zeit in Siglufjörður zu bleiben.

Ari stand auf, bedankte sich für das Gespräch und nahm sich vor, Ögmundur aufzutragen, nachzuprüfen, ob Svavar wirklich erst jetzt eingereist und es ausgeschlossen war, dass er sich zum Todeszeitpunkt seiner Tochter in Siglufjörður aufgehalten hatte. Sicher war sicher.

Gleichzeitig kam ihm ein anderer Gedanke. *Da halte ich mich besser zurück*, hatte Svavar gesagt, als er ihn auf seine Beziehung zu Salvör angesprochen hatte. Eine schwierige Trennung. Hatte Salvör schlechte Charakterzüge, über die er nicht sprechen wollte?

Verheimlichte sie ihm irgendetwas in Bezug auf den Tod ihrer Tochter?

Ari konnte es sich kaum vorstellen, doch nachdem der Zweifel einmal gesät war, ließ sich diese Möglichkeit nicht mehr ignorieren.

20

»Ari, schön, dich zu hören.«

Pfarrer Eggert war wie immer gut gelaunt. Der freundliche Gottesmann, der manchmal die Leere ausfüllte, die Tómas hinterlassen hatte. Ein Mensch, an den sich Ari in jeder Situation wenden konnte, ein Seelsorger in vielerlei Hinsicht.

Sie waren bereits ein gutes Team gewesen, als Ari vor einigen Jahren den alten Héðinsfjörður-Fall wieder aufgerollt und sie gemeinsam die Hintergründe der mysteriösen Tragödie im Nachbarort ermittelt hatten. Jetzt wandte er sich erneut Hilfe suchend an den Pfarrer, wobei es diesmal um eine deutlich greifbarere Tragödie ging.

Ari saß in seinem Hotelzimmer.

»Entschuldige die Störung, du bereitest sicher gerade den Ostergottesdienst vor ...«, sagte er am Telefon.

»Damit bin ich längst fertig«, entgegnete der Pfarrer.

»Was man hat, das hat man. Ich habe gehört, du bist ins Hotel gezogen?«

Das hatte sich ja mal wieder schnell herumgesprochen.

»Kristín ist mit unserem Jungen zu Besuch, und ich habe ihr das Haus überlassen. Es wäre nicht gut gewesen, zusammen dort zu sein.«

»Das sind aber doch sicher nur vorübergehende Schwierigkeiten bei euch beiden, oder? Ihr kriegt das wieder hin, meinst du nicht?«

Ari hätte diese positive Sichtweise gern übernommen, schon weil er Pfarrer Eggert nicht enttäuschen wollte.

»So explizit haben wir darüber noch nicht gesprochen«, antwortete Ari ausweichend. »Hoffnung gibt es natürlich immer.«

»Nicht zuletzt auch für den Jungen. Wie alt ist er noch gleich?«

»Drei.«

»Ja, richtig. Ihr gebt euer Bestes.«

»Eigentlich wollte ich dich etwas fragen ...«

»Lass hören, Ari.«

»Das Mädchen, das gestorben ist ... Ich möchte wissen, ob sie irgendeine Verbindung nach Siglunes hat. Weißt du etwas darüber? Du kennst die Geschichte der Gegend ja sicher gut ...«

»Die Geschichte von Siglunes? Ich habe mehrere Artikel über diese schöne Halbinsel verfasst, mein Freund.« Nach einer kurzen Pause fragte er: »Soll ich dich hinbringen? Wir nehmen den Seeweg.« Pfarrer Eggert hatte sich im vergangenen Sommer mit ein paar Freunden ein solides Motorboot gekauft, mit dem sie seither oft auf dem Fjord unterwegs waren.

»Ähm, ja, das wäre natürlich toll. Aber ist das zu dieser Jahreszeit nicht schwierig?«

»Für diese Jahreszeit haben wir heute bestes Wetter. Windstill und freundlich. Auch die See scheint ruhig zu sein. Wir können gern hinfahren, wenn du möchtest. Du brauchst eine dicke Jacke, es wird ziemlich kalt sein.«

Eigentlich hatte Ari Kristín versprochen, dass er am Morgen vorbeikommen würde, doch diese Gelegenheit durfte er sich nicht entgehen lassen.

»Wie lange dauert das denn?«

»Ach, nur eine Viertelstunde pro Strecke, und du entscheidest, wie lange wir bleiben. Vater und Sohn, die dort leben, sind witzige Typen.«

»Hach, aber vielleicht ist das auch nicht nötig«, sagte Ari nach einem kurzen Schweigen. Obwohl es natürlich interessant wäre, die Halbinsel zu besuchen, konnte er doch nicht einen Teil dieses wertvollen Wochenendes auf diese Weise verschwenden. Dass Siglunes wirklich etwas mit dem Tod des Mädchens zu tun hatte, war weit hergeholt.

»Ach, komm schon, Ari, das ist doch kein Problem. Ich möchte meinen Teil beitragen, außerdem fahre ich gern mit dem Boot. Kannst du in einer halben Stunde startklar sein?«

Andererseits: Schaden würde es nicht.

»In einer halben Stunde? Ich denke, das sollte klappen. Ich komme dann zum Kai.«

»Wetterfest gekleidet, okay?«

»Wetterfest, alles klar.«

Ari hatte die Zeit für einen kurzen Abstecher in die Eyrargata genutzt, um einen dickeren Pulli zu holen, den er unter seiner Daunenjacke tragen konnte. Stefnir und Kristín waren schon wach gewesen. Ari hatte ihr die Situation erklärt und um Entschuldigung gebeten, dass er den Jungen erst in einer oder zwei Stunden übernehmen konnte. Kristín hatte kaum auf die Planänderung reagiert, vielleicht, weil sie an diesem Samstag nichts Besonderes vorhatte, aber vielleicht zeigte es auch, dass sie mit Ari endgültig abgeschlossen hatte und ihr alles egal war. Dass sie sich nicht mehr darüber aufregte, wenn die Arbeit für Ari mal wieder vorging.

Pfarrer Eggert wartete bereits am Jachthafen beim Hotel, als Ari eintraf.

»Ari, schön, dich zu sehen. Weißt du, ich war eh auf der Suche nach einem Vorwand, mit dem Boot rauszufahren. Allein hätte ich es nicht gemacht, man zögert und zaudert immer so und ist in seinen Routinen gefangen, da kam dein Anruf gerade recht. Hier ist das gute Stück.«

Er zeigte auf ein solides Gummiboot mit Außenbordmotor. Ari hatte nie gelernt, so ein Boot zu fahren, aber es juckte ihn schon. Das Meer zog ihn irgendwie an, wahrscheinlich lag es in den Genen, dachte er manchmal. In der Familie seiner Mutter hatte es einige Seeleute gegeben, in gar nicht allzu ferner Vergangenheit. Vielleicht hatte ja sogar ein Verwandter von ihm Haie vor Siglunes gefischt …

»Setz dich an Bord und zieh die hier über.« Eggert gab ihm eine orangefarbene Rettungsweste. »Wir dürfen nur Passagiere befördern, die sich an die Vorschriften halten. Und das wäre ja was, wenn der Gottesmann die Regeln bricht ...« Er schmunzelte.

Dann fuhren sie auf den Fjord hinaus. Mit zunehmendem Tempo wurde es richtig kalt auf dem Boot, und auch das Wasser war hier draußen nicht mehr so ruhig, wie es vom Ufer aus gewirkt hatte.

Während der Fahrt erzählte Pfarrer Eggert Geschichten über den Fjord, doch die Details wurden vom Lärm des Motors und des Wassers geschluckt. Ari hörte mit einem Ohr zu und genoss den Blick über den Fjord und die kleiner werdende Stadt. Er fühlte sich wohl hier und musste zugeben, dass sich Siglufjörður in solchen Momenten wie sein Fjord anfühlte. Auch die Bewohner hatten ihn mittlerweile vollständig akzeptiert. Offenbar war er seit seinem ersten Tag auf dem Chefsessel kein Fremder mehr. Vielleicht hatte er sich diesen Status über die Jahre hier im Norden erarbeitet, aber vielleicht drückten die Bewohner dadurch auch ihre Anerkennung dafür aus, dass er den Posten angenommen hatte und damit zeigte, dass er gekommen war, um zu bleiben.

Als Eggert eine Redepause einlegte, nutzte Ari die Gelegenheit und rutschte ein Stück weiter nach vorne im Boot, wo die Geschwindigkeit noch besser zu spüren war und der Wind ihm direkt entgegenschlug. Er sah in Richtung Siglunes, wo sich allmählich einige Häuser abzeichneten.

»Wie du dir denken kannst, gibt es dort keinen Hafen«, sagte der Pfarrer, »daher müssen die Wetterverhältnisse stimmen, damit man anlanden kann. Aber heute sieht es gut aus.«

»Ein gefährlicher Ort für Schiffe also?«, fragte Ari.

»Definitiv. Ich könnte dir einige Geschichten über Schiffsunglücke erzählen. Einmal sind sechs Männer gestorben, und für einen von ihnen war der Sarg zu klein, daher hat man ihm die Beine abgesägt. Du kannst dir vorstellen, welche Spukgeschichten darauf in der Fischerhütte kursiert sind. Die Leute haben einen Geist ohne Füße herumkriechen sehen …«

Es schauderte Ari, und er wechselte das Thema: »Bist du sicher, dass Vater und Sohn vor Ort sind?«

»Ganz sicher. Ihr Boot liegt dort, und sie machen sich zu dieser Jahreszeit bestimmt nicht zu Fuß auf den Weg, wenn es nicht unbedingt sein muss.«

Ari sah sich die Häuser auf der Halbinsel an. Ein Dorf konnte man es kaum nennen, vielmehr den Ansatz einer Besiedlung, an einem unvorstellbar abgelegenen Ort. Wer hier lebte, musste entweder von Not oder von Abenteuerlust getrieben sein, dachte Ari.

»Wir versuchen, bis auf den Strand zu fahren«, sagte Eggert. »Bei guten Bedingungen geht das, und mir scheint, wir haben Glück.«

Eggert war zurückhaltend, was seine Fahrkünste betraf, und ging noch deutlich versierter mit dem Boot um, als Ari erwartet hatte. Sie gelangten unfallfrei zum Strand, sprangen an Land und vertäuten das Boot. Die beiden Bewohner der Halbinsel brauchten sie nicht zu suchen, denn sie kamen ihnen bereits entgegen.

»Hallo!«, rief der Pfarrer, der sich nicht vorstellen musste.

Der Ältere, ein kräftiger Mann mit schütterem Haar, den Ari auf etwas über sechzig schätzte, nickte dem Pfarrer zu und gab Ari die Hand. Er trug ein rot kariertes Hemd, war zerzaust und schien sich mehrere Tage nicht rasiert zu haben.

»Guten Tag«, sagte er freundlich. »Karvel ist mein Name.«

Darauf begrüßte auch der jüngere Mann die Gäste. »Karvel.«

»Wir sind Vater und Sohn«, erklärte er an Ari gewandt. »Karvel der Ältere und Karvel der Jüngere.«

»Mein Name ist Ari, Polizeikommissar von Siglufjörður.«

»Ja, wir wissen, wer Sie sind«, sagte Karvel der Ältere. »Das ist Ihr erster Besuch in diesem Teil Ihres Reviers, oder?«

Ari nickte, wobei er nicht sicher war, ob Siglunes tatsächlich zu seinem Bezirk gehörte.

»Tja, kein Wunder, Verbrechen stehen hier nicht auf der Tagesordnung. Ganz im Gegenteil. Ich kann mich nicht entsinnen, dass hier in den letzten Jahren irgendetwas Bedeutsames passiert wäre.«

Unter normalen Umständen hätte eine solche Aussage geringschätzend gewirkt, aber aus Karvels Mund, hier, am friedlichen Strand von Siglunes, klang es wie ein Lob, galt Eintönigkeit als Tugend. Und tatsächlich spürte Ari, dass ihn eine gewisse Ruhe überkam. Vielleicht lag es an der Stille, an der Nähe zur Natur.

»Wir wohnen dort drüben.« Wieder hatte der Ältere das Wort ergriffen. Er zeigte auf ein Haus nicht weit entfernt. Das Haus hatte zwei Etagen und ein Spitzdach, war steingrau und ungestrichen und wirkte beinahe verwahrlost. Aber die großen Fenster zum Meer, zwei auf jeder Etage, waren nagelneu.

»Hereinspaziert. Mein Sohn war kürzlich in der Stadt, daher sind wir recht gut ausgestattet. Jedenfalls mit leckerem Kaffee.«

Drinnen sah das Haus deutlich besser aus als von außen, es gab zwar noch einige Baustellen, aber die waren schon weit gediehen.

»Im Sommer wollen wir uns das Haus von außen vornehmen«, sagte Karvel der Ältere. »Den Winter über haben wir hier drinnen herumgewerkelt. Es ist lange her, dass hier winters gewohnt wurde. Wir haben es überlebt.«

»Bitte setzen Sie sich«, sagte der jüngere Karvel. »Ich koche Kaffee.«

»Für mich mit Milch, wenn ihr habt«, sagte der Pfarrer.

»Gibt es auch Tee?«

Der junge Karvel sah Ari an, als verstünde er die Frage nicht, daher sagte Ari schnell: »Sonst einfach schwarzen Kaffee.« Obwohl er Tee lieber mochte, hatte er sich ans Kaffeetrinken gewöhnt.

»Was führt Sie denn her, wenn ich fragen darf?« Der ältere Karvel setzte sich an den Esstisch, der aus altem Holz gezimmert war. Drum herum ein buntes Sammelsurium aus Stühlen und Hockern. Ari wollte mit der Erklärung für ihren Besuch noch abwarten, bis der Sohn zurückkam. Er stellte die Gegenfrage: »Darf ich zunächst erfahren, was Sie hierher verschlagen hat?«

Karvel nickte.

»Wir sind im letzten Sommer hergezogen. Das Haus gehört schon lange der Familie, aber es hat ewig keiner mehr hier gewohnt, und die Hütte war entsprechend heruntergekommen. Dabei ist es ein geschichtsträchtiger Ort für unsere Familie. Mein Sohn und ich haben oft davon gesprochen, dass wir es irgendwann renovieren wollen, haben das als Projekt für mehrere Jahre betrachtet, jeden Sommer ein paar Wochenenden, verstehen Sie, im Alltagstrubel ... Aber als sich dann relativ plötzlich unsere Lebenssituation geändert hat, haben wir Nägel mit Köpfen gemacht. Ich will nicht behaupten, dass wir für immer hier leben wollen, aber bis zum nächsten Herbst bestimmt, dann sind wir mit den Renovierungen so weit durch. Vielleicht lässt sich sogar etwas für Touristen machen, es tut sich ja einiges, das große Hotel wurde gebaut, ein Restaurant neben dem anderen, die alte Mittelschule in eine Art Privatklinik umgewandelt, wobei Letztere wohl nicht so gut läuft, wie ich gehört habe.«

»Ich könnte mir vorstellen, dass das ein nettes Sommerhotel wird, ja, oder auch einfach eine Unterkunft, die beispielsweise Künstler mieten können«, sagte der Pfarrer.

»Das könnte schön werden.«

Ari warf eine Zwischenfrage ein: »Ihre Lebenssituation hat sich geändert, sagten Sie ... Was ist denn passiert?«

Karvel schwieg eine Weile. Sein Sohn war noch in der Küche.

»Tja, das ist kein Geheimnis, die meisten kennen die Geschichte ohnehin. Im letzten Jahr ist meine Frau gestorben, ziemlich unerwartet.«

»Das tut mir leid«, sagte Ari schnell.

»Danke. Und dann ist mein Sohn noch in Schwierigkeiten geraten. Er musste ins Gefängnis ...«

In diesem Moment kam ebendieser mit zwei Kaffeebechern zurück, die er Ari und Pfarrer Eggert reichte.

»Ein klares Fehlurteil, darf ich behaupten, auch wenn es um mich geht«, übernahm er selbst das Wort. Es lag Wehmut und zugleich etwas Schelmisches in seiner Stimme, als hielte er diese Rede nicht zum ersten Mal. »Ich habe in den Jahren vor dem Finanzcrash in einer Bank gearbeitet, als einfacher Laufbursche, aber mein Name tauchte in gewissen Ermittlungen auf, eins führte zum anderen, und am Ende wurde ich verurteilt und musste ein paar Monate Gefängnis absitzen. Meiner Frau war das zu lang, sie hat das Handtuch geschmissen und mich verlassen.«

»Im letzten Frühjahr saßen wir beide also da, allein. Ich hatte meine Arbeit deutlich reduziert, ich bin Zimmermannsmeister, und so sprach auf einmal nichts mehr dagegen, dass wir unseren Traum verwirklichen. Wir hatten ganz gut gespart, und wie man sieht, haben wir das Beste aus der Situation gemacht.«

Ari nickte.

»Jetzt genug davon«, sagte Karvel der Ältere. »Das hier wird kein reiner Höflichkeitsbesuch sein, oder?«

»Aber auch nichts, weswegen Sie sich sorgen müssten«, sagte Ari. »Eggert hat angeboten, mich herzufahren, da ich bei Recherchen auf den Namen Siglunes gestoßen bin. Ich will nur sichergehen, dass es keinen konkreten Zusammenhang zu den aktuellen Ermittlungen gibt. Außerdem wollte ich schon immer mal herkommen. Dieser Ort ist so nah an Siglufjörður und gleichzeitig so weit weg.«

»Und … wie … auf welche Weise hat Siglunes mit Ihren Ermittlungen zu tun?«, fragte der Sohn. Ari meinte ein leichtes Beben in seiner Stimme wahrzunehmen. Hatte er etwas zu verbergen, oder war er vielleicht noch gebrannt von seinen vorherigen Erfahrungen mit staatlichen Institutionen?

»Es geht um das Mädchen, das in der Nacht zum Gründonnerstag tot aufgefunden wurde.«

»Ach ja?« Der Vater sah Ari verwundert an. »Die kennen wir nicht.«

»War sie nicht mit Ihnen verwandt?«

»Doch, schon, über einige Ecken, aber wir hatten keinerlei Kontakt. Wahrscheinlich finden sich zwischen den meisten Bewohnern dieser Gegend irgendwelche Verwandtschaftsbeziehungen, wenn man lange genug sucht.«

»Es gab also keinen Kontakt zu ihr oder ihrer Mutter?«
Karvel der Ältere schüttelte den Kopf und sah seinen Sohn an.

»Überhaupt keinen«, sagte er mit einigem Nachdruck.

»Besteht die Möglichkeit, dass sie im Winter hier war oder vorhatte, im Sommer oder Herbst herzukommen?«

Vater und Sohn sahen einander an.

Wieder ergriff der Vater das Wort: »Den Winter über waren wir die meiste Zeit hier, alle beide oder einer von uns. Zu dieser Jahreszeit treiben wir uns nicht viel herum, denn man kommt schwer von hier weg, in Kälte und Schnee wandert man nicht mal eben über Berge und Geröll, und mit dem Boot fahre ich auch nicht bei jedem Wetter raus. Dasselbe gilt für Besuche hierher, die sind unter solchen Bedingungen einfach schwierig. Aber wir wissen natürlich nicht, ob das Mädchen oder andere Familienmitglieder geplant hatten, irgendwann herzukommen. Es hat uns niemand über einen Besuch informiert, aber uns gehört ja auch nur das Haus und ein kleines Stück Land hier, und es steht jedem frei, auf die Halbinsel zu kommen. Wie gesagt, nicht alle kündigen sich vorher an.« In der letzten Anmerkung schwang leichte Kritik in Aris und Eggerts Richtung mit.

»Kommen denn viele Besucher hierher?«, fragte der Pfarrer.

»Im Sommer sieht man schon einige. Wenn das Wetter mitspielt, zelten sie hier. Der Wanderweg von Siglufjörður aus ist recht beliebt und im Sommer nicht so anspruchsvoll zu laufen. Wir freuen uns schon auf den Sommer,

Karvel und ich. Es wird nett sein, wenn ein wenig Leben auf die Halbinsel kommt, ein bisschen Gesellschaft. Hoffentlich ist unser Haus bis dahin auch von außen einigermaßen einladend.«

»Aber im frühen Herbst gelangt man sicher schon noch gut hierher, oder?«

Die Frage schien den älteren Karvel zu überrumpeln.

»Ähm, ja, in der Regel schon, der Wanderweg ist, wie gesagt, gut erschlossen und durchaus bis in den Winter hinein begehbar. Es kommt einfach auf das Wetter an.«

»Haben Sie für September etwas geplant?«

»Für September? Wie meinen Sie das?«

»Irgendeine Veranstaltung?«

Karvel lächelte und zuckte mit den Schultern. »Ach so. Nein, wir haben keine Veranstaltung geplant. Wir sind allemal ausgelastet.«

»Wir sollten die beiden nicht zu lange stören, Ari«, sagte der Pfarrer und machte Anstalten aufzustehen.

»Nur noch eine Frage«, sagte Ari und trank einen Schluck Kaffee. Er hatte nicht das Gefühl, dass sie die beiden von irgendetwas abhielten, außerdem bekamen sie sicher selten Besuch und freuten sich über die Abwechslung. Andererseits hatte er Kristín versprochen, dass es nicht lange dauern würde.

»Ja?«, antwortete wieder der Vater, obwohl Ari den Sohn ansah.

»Sie sind frisch aus der Stadt zurück. Siglufjörður, nehme ich an?«

»Ja, das stimmt«, antwortete der jüngere Karvel leicht zögernd.

»Wann genau waren Sie dort?«

»Wann?«

Ari lächelte nur. Die Frage war ziemlich eindeutig gewesen.

»Ich, ja, ich bin Mittwoch hingefahren und gestern zurückgekommen. Habe bei einem Freund übernachtet. Ich musste dies und das einkaufen, und es tut auch gut, mal in einer anderen Umgebung zu sein, Leute zu treffen, ein Bierchen zu trinken ...« Er redete schnell und wirkte unsicher. »Warum fragen Sie?«

»Nun ja, es ist so, dass das Mädchen vor etwa zwei Tagen gestorben ist, in der Nacht zum Gründonnerstag. Sie waren zu diesem Zeitpunkt also in Siglufjörður?«

Diese Feststellung erschreckte Vater und Sohn gleichermaßen. Ari war nicht hergekommen, um sich Feinde zu machen, aber auch nicht, um Freunde zu gewinnen.

Der Sohn stand auf, ziemlich abrupt, woraufhin der Vater versuchte, ihn unauffällig zurückzuhalten.

»Ich muss sagen, dass ich damit nicht gerechnet habe«, sagte der Jüngere. »Ich finde es ganz schön dreist, dass Sie uns besuchen und mir vorwerfen, dass ich ...«

»... dass Sie jemanden ermordet haben?«, fragte Ari. »Das hat niemand behauptet.«

Der Mann stutzte. »Nein, das meinte ich auch nicht, aber, na ja, ich verstehe nicht, warum Sie hier sind, wenn ...«

Jetzt stand auch Ari auf, und Eggert tat es ihm nach.

»Besten Dank für den freundlichen Empfang«, sagte Ari. »Und für den Kaffee. Leider war keine Zeit, ihn auszutrinken, wir wollten nicht lange bleiben, denn es gibt einiges zu tun.«

Karvel der Ältere nickte, stand auf und gab den Besuchern die Hand. »Es war nett, Sie zu sehen. Ich hoffe, Sie kommen noch mal her, unter entspannteren Umständen. Im Sommer ist Siglunes wirklich wunderschön.«

Er lächelte, doch sein besorgter Blick entging Ari nicht.

21

Im Anschluss an die Tour nach Siglunes hatte Ari den Nachmittag mit Stefnir im Skigebiet verbracht. Das war Kristíns Vorschlag gewesen; sie selbst hatte sich währenddessen in der Eyrargata ausgeruht. Das kleine Skiabenteuer hatte ihnen beiden große Freude gemacht. Der Junge hatte mit Begeisterung und einiger Unterstützung seine ersten Fahrversuche gewagt, und selbst Ari hatte sich Skier an die Füße geschnallt. Ein Mädchen aus dem Ort hatte Vater und Sohn unterrichtet und große Geduld mit den beiden Einsteigern gehabt.

Der Berg hatte sich von seiner schönsten Seite gezeigt, es hatte nicht geschneit, war windstill und sonnig gewesen. Das Wetter hatte den ganzen Tag über gehalten, zumindest bis jetzt. Nach der Bootstour und dem Skifahren freute sich Ari auf den entspannten Teil des Tages. Sie waren auf eine heiße Schokolade mit Kristín im Hotel verabredet. Die hatte er sich wirklich verdient.

Ari und Stefnir waren gerade auf dem Weg zurück in die Stadt, als Ögmundur anrief. Ari wusste, dass er rangehen musste, doch er zögerte es einen Moment hinaus, blickte über den Fjord, der in der Wintersonne flimmerte, atmete tief ein und genoss die friedliche Stimmung. Wenn Ögmundur anrief, war es dringend.

»Ari, hier ist ein Mädchen, das dich sehen möchte«, sagte Ögmundur statt einer Begrüßung.

»Ein Mädchen?«

»Ein junges Mädchen. Sie heißt Jený, mehr weiß ich auch nicht.«

»Es passt gerade nicht so gut. Kann das warten? Oder kannst du nicht mit ihr sprechen?«, fragte Ari leicht genervt.

»Sie möchte mit dir reden. Außerdem bin ich in die Sache mit Unnur auch gar nicht richtig eingearbeitet.«

Ari seufzte. »Hat sie denn Informationen zu dem Fall?«

»Ja, klar. Ansonsten ist doch nichts los hier«, sagte Ögmundur. Ari hatte den Eindruck, Ögmundur fiel gar nicht auf, wie unfreundlich er war.

»Kannst du dich nicht trotzdem darum kümmern, Ögmundur? Ich sitze mit meinem Sohn im Auto, wir sind auf dem Weg zum Hotel …«

»Sie will nur mit dir reden. Ihr Vater kennt dich, und es sind wohl sensible Informationen. Keine Ahnung, mehr weiß ich auch nicht«, wiederholte er.

Das Mädchen saß wie ein Häufchen Elend im Lehnstuhl hinter dem Empfang auf der Polizeiwache. Ari hatte Stefnir zu Kristín gebracht und war dann sofort zur Wache gefahren.

Normalerweise ließen sie Besucher nicht in diesen Bereich, aber auch diese Regel hatte Ögmundur mal wieder frei interpretiert. Wobei Ari in diesem Fall sogar Verständnis dafür hatte. Vermutlich hätte er dasselbe getan.

»Jený?«, fragte er freundlich. Das Mädchen zuckte zusammen, dann blickte es auf. Ari erschrak, als er ihre verweinten Augen und den ängstlichen Blick sah.

»Möchtest du vielleicht mit in mein Büro kommen?«, fragte er. Sie stand sofort auf und folgte ihm.

»Ich habe gehört, dein Vater und ich kennen uns?«, sagte er, um das Eis zu brechen, nachdem sie sich gesetzt hatten.

»Ja. Er arbeitet hier im Museum und sagt, er sieht Sie manchmal. Er heißt Bolli.«

Ari wusste, wen sie meinte.

»Er redet immer so gut von Ihnen, daher wollte ich am liebsten ... also ... daher wollte ich gern mit Ihnen sprechen, wenn das okay ist?«

»Natürlich.« Er wartete kurz, wollte sehen, ob das Mädchen von sich aus redete. Dann fragte er: »Geht es um Unnur? Kanntest du sie?«

Jený nickte.

»Ja, wir waren Freundinnen, oder etwas in der Art ...«

»Wie meinst du das?«

»Unnur hatte nicht viele Freundinnen. Sie war nicht der Typ dafür. Aber wir kannten uns ganz gut, waren zusammen in einer Klasse, ja ... also, wir kannten uns ...«

»Hatte sie eine Freundin, die Sara heißt?«, fragte Ari, der an die E-Mails zwischen Unnur und Sara dachte.

»Sara, ja, die war wohl ihre beste Freundin, aber auch die beiden waren so gesehen nicht wirklich enge Freundinnen. Saras Mutter ist mit Unnurs Mutter befreundet, daher haben sie sich öfter gesehen, haben sich in der Schule geholfen und so, aber ...«

»Was war sie für ein Mädchen?«

»Wie meinen Sie das?«, fragte Jený, doch dann senkte sie den Blick und antwortete beinahe flüsternd: »Sie war ruhig, verstehen Sie, hat nie Stress gemacht. Total ruhig, und viel zu unschuldig ...«

Ari stutzte bei ihrer Wortwahl, doch er ließ das fürs Erste so stehen und hakte nicht weiter nach. Das Mädchen war auch so schon nervös genug.

»Ich ... ich bin vorhin durch die Aðalgata gelaufen, und ...«, begann sie nach einem langen Schweigen in dem unpersönlichen, kühlen Büro.

Ari wartete, wollte dem Mädchen die Zeit geben, die es brauchte.

»Also, ich bin vorhin dort gewesen, Sie wissen schon, wo sie gestürzt ist, ich stand auf der Straße vor dem Haus, und da habe ich ... da habe ich gesehen ...« Sie verstummte. »... habe gesehen ...«, setzte sie noch einmal an, doch dann brach sie in Tränen aus, schlug sich die Hände vors Gesicht und stand auf. »Sie hätte nicht sterben müssen«, sagte sie schließlich leise.

Auch Ari stand auf.

»Was hast du gesehen?«, fragte er freundlich, aber mit Nachdruck.

Sie schüttelte den Kopf, wischte die Tränen weg und wich Aris Blick aus.

»Nichts, entschuldigen Sie, nichts ... Ich hätte nicht herkommen sollen.«

Sie öffnete die Tür und stürzte aus dem Büro.

Ari folgte ihr, hoffte, dass sie ihre Meinung änderte, doch schon war sie in die Kälte verschwunden.

Auf dem Weg zum Hotel machte Ari einen kleinen Umweg über die Aðalgata und blieb an der Stelle stehen, wo die Leiche des jungen Mädchens gelegen hatte. Alle Spuren des Unglücks waren verschwunden, aber dennoch lag etwas Bedrohliches, Trauriges in der Luft.

Was hatte Jený gesehen? Er hob den Blick, betrachtete das Haus und die Dachterrasse, auf der Unnur in der Nacht zum Gründonnerstag gestanden hatte. Hatte sie sich willentlich in die Ewigkeit gestürzt – oder hatte jemand hinter ihr gestanden und ...?

Auf der Straße war nichts zu entdecken, was das Geschehene in irgendeiner Weise erklären konnte. Auch das Haus war dasselbe alte Haus, an dem er schon unzählige Male vorbeigelaufen war, ohne es richtig wahrzunehmen. War ihm etwas entgangen, das Jený bemerkt hatte? Langsam glaubte er doch, dass mehr hinter diesem Todesfall steckte, als er anfangs vermutet hatte.

Wie automatisch nahm er sein Handy aus der Tasche

und rief Tómas an. Sie waren ein so eingespieltes Team gewesen und hatten einander so gut ergänzt. Vor allem, wenn sie gemeinsam überlegt hatten. Das konnte man von Ari und Ögmundur nicht behaupten. Manchmal hatte Ari das Gefühl, dass Ögmundur nicht lange bleiben würde, dass er nur Erfahrungen für seinen Lebenslauf sammeln wollte. Er machte seine Sache zwar ordentlich, aber auch nicht mehr als das. Vielleicht schwebte ihm eine Karriere bei der Reykjavíker Polizei vor, oder er hatte ganz andere Pläne. Ari wusste es nicht. Über solche Dinge sprachen sie nicht.

»Ari, schön, dich zu hören, Meister!« Die vertraute, freundliche Stimme. »Ich habe gerade leider nicht viel Zeit – ist es etwas Dringendes?«

»Nein, nein, kein Problem. Ich ... ich rufe einfach später wieder an.«

»Ein paar Minuten habe ich, dann muss ich zu einem Meeting. Diese ständige Schichtarbeit, und das in meinem Alter. Wer hätte das gedacht? Schieß los, Meister. Und demnächst müssen wir mal einen Kaffee trinken. Ich war schon ewig nicht mehr im Norden, viel zu lange nicht. Hat er inzwischen mein Haus abgerissen, der Arzt, der es gekauft hat?«

»Es steht noch. Aber er hat einiges daran gemacht. Scheint Geld zu haben.«

»Den Ärzten geht es gut ...« Tómas seufzte.

»Die Sache ist zu kompliziert, um sie in einer Minute zu erklären ...« Ari zögerte. Er wusste selbst nicht, warum er

Tómas angerufen hatte. Das war ihm spontan in den Sinn gekommen, als er ratlos auf der Straße gestanden hatte. Aus alter Gewohnheit hatte er vermutlich damit gerechnet, dass Tómas ihm helfen konnte. Aber diese Zeiten waren vorbei, jetzt war Ari auf sich selbst gestellt.

»Versuch es doch mal.«

»Hast du von dem Mädchen gehört, das hier im Ort von einer Dachterrasse gestürzt ist?«

»Ja. Furchtbar, ganz furchtbar. Ich kenne ihre Familie ein wenig.«

»Ich stehe gerade an der Stelle, wo sie gefunden wurde. Eine Freundin von ihr war heute auf der Wache, nachdem sie an der Unglücksstelle irgendetwas gesehen hat.« Er zögerte. »Etwas, das Fragen in ihr geweckt hat, oder vielleicht auch Angst, ich bin mir nicht ganz sicher, jedenfalls hat es sie in mein Büro getrieben. Ich kann mir einfach nicht vorstellen, was das gewesen sein soll.«

»Wollte sie es dir nicht sagen?«, fragte Tómas.

»Nein. Sie war ziemlich aufgewühlt.«

»Schick mir ein Bild.«

»Ein Bild?«

»Von dem Ort, an dem du gerade bist. Ich werde mir Gedanken machen.«

Natürlich konnte Tómas nicht wirklich etwas zu den Ermittlungen beitragen. Er befand sich in einer anderen Stadt und war nicht in den Fall eingearbeitet, doch Ari wusste seine Bemühungen zu schätzen. Hilfsbereitschaft stand bei ihm stets an erster Stelle.

»Und demnächst dann auf einen Kaffee, Meister, nicht vergessen!«, sagte Tómas. Vielleicht hatte Tómas auch das Jobangebot im Sinn, das hoffentlich noch stand. Lange durfte Ari seine Entscheidung vermutlich nicht mehr hinauszögern.

»Lass uns gerne bald treffen. Melde dich einfach, wenn du herkommst, oder ich rufe an, wenn ich mal wieder in Reykjavík bin«, antwortete Ari.

22

Der kleine Stefnir lag ruhig neben Ari, aber er war noch wach.

Ari hielt seine Hand und sah ihn an, lächelte, wenn der Kleine die Augen öffnete, und wiederholte, dass nun Schlafenszeit sei. Er hatte ihm eine kurze Gutenachtgeschichte vorgelesen, aus einem der alten Kinderbücher, die er mit dem Haus übernommen hatte. Sie standen in einem Regal unterm Dach, an dem Ari fast täglich vorbeilief. Schon lange vor Stefnirs Geburt hatte er diese Bücher als Schatz betrachtet, den er mit seinen Kindern teilen wollte. Dann war die Beziehung mit Kristín in die Brüche gegangen, aber die Bücher standen immer noch an ihrem Platz, nur dass sie viel zu selten gelesen wurden.

Aber für heute hatten Kristín und er vereinbart, dass er den Kleinen ins Bett bringen durfte. Mit großem Elan hatte er ihm die Geschichte vorgelesen und es deutlich mehr genossen als der Junge. Dieser Moment war nicht nur eine Vorlesestunde, sondern stand symbolisch für all die Erinnerungen, die es nicht geben würde, für all die Tage in Stefnirs Kindheit, die Ari verpasste, eine einzige, bedeutungsschwere Geschichte anstelle von hundert alltäglichen Gutenachtgeschichten in einem normalen Familienleben.

Stefnir schlummerte ein, und auch Ari schloss für einen Moment die Augen. Wieder einmal dachte er an seinen Vater. Er meinte sich daran zu erinnern, wie er in ihrem Haus in Reykjavík in seinem Arm gelegen hatte, vielleicht fünf oder sechs Jahre alt. Es gab ein Foto von dieser Situation in einem alten Album, doch Ari war sich sicher, dass er echte Erinnerungen an diesen Moment hatte. Viel zu früh war der Vater aus seinem Leben verschwunden. Dennoch hatte Ari schöne Jahre im Schoß der Familie erleben dürfen. Jetzt war es an ihm, ähnliche Erinnerungen für seinen Sohn zu schaffen, auch wenn er nur selten die Gelegenheit dazu bekam. Die Zeit verging nicht mehr, sondern sie verflog, während Ari allein in Siglufjörður saß. Die einzige Lösung wäre, dass er nach Schweden zog, dass er seine Karriere hier auf Eis legte und im Ausland ein neues Leben begann, bis Kristín mit ihrem Studium fertig war und sie zurück nach Island ziehen würden. Was ihm unterm Strich doch ziemlich illusorisch vorkam.

Er hielt immer noch Stefnirs kleine Hand und merkte, wie er selbst einschlief, obwohl nicht zur Debatte stand, dass er in der Eyrargata übernachtete.

Er schrak auf, sah Kristín am Bett stehen.
»Entschuldige, ich wollte dich nicht wecken. Ich habe nur kurz nach euch geschaut«, sagte sie mit sanfter Stimme.

Ari war noch nicht richtig wach, hatte von seinem Vater geträumt, und der Traum war merkwürdig realistisch gewesen. Sein Vater hatte leibhaftig vor ihm gestanden, und sie hatten sich unterhalten; nur worüber, wusste er leider nicht mehr. Aber das Gefühl war schön gewesen.

»Nein, puh, ich bin plötzlich eingeschlafen, entschuldige, ich … gib mir eine Minute … ich bin gleich weg.«

Sie legte ihre Hand auf seine Stirn, wie früher.

»Schlaf ruhig, Ari, das ist schon in Ordnung. Ich schlafe unten.«

Sie klang nett und freundlich. Mehr auch nicht. Das war eine liebe Geste von ihr, aber kein Hinweis darauf, dass sich etwas verändert hatte, da war er sich sicher. Doch er wusste ihr Entgegenkommen zu schätzen, lächelte sie an und nickte.

»Danke, ich bin echt müde.«

Sie ging.

Er sah seinen Sohn an, der ruhig neben ihm schlummerte.

Ari hatte Stefnirs kleine Hand losgelassen, doch jetzt nahm er sie wieder und schloss die Augen.

OSTERSONNTAG

23

Früh am Ostermorgen weckte Stefnir seinen Papa. Der brauchte einen Moment, um sich zu orientieren, als er nicht wie erwartet im Hotel aufwachte. Wenig später trug er den Jungen die Treppe hinunter. Zur Sicherheit hatten Kristín und er ein Treppengitter in der oberen Etage angebracht, damit Stefnir die steile Treppe nicht allein hinunterlief.

»Na endlich, ich dachte schon, ihr würdet nie runterkommen«, sagte Kristín. Sie stand mit einem Becher Kaffee in der Küche. »Frohe Ostern.«

»Ja, frohe Ostern«, sagte Ari.

»Gut, dass du gestern mit Stefnir eingeschlafen bist, dann kannst du ihm jetzt helfen, sein Ei zu suchen.« Sie lächelte.

Ari fühlte sich fast in die guten alten Zeiten zurückversetzt. Seine Eltern hatten dieselbe Tradition, hatten ihren Sohn am Ostermorgen das große Schokoladenei suchen lassen. Danach durfte er gleich losnaschen, und dazu gab es meist Cola, was damals etwas ganz Besonderes war.

»Super.« Er wandte sich an Stefnir. »Wollen wir suchen? Lass uns im Wohnzimmer anfangen, ich glaube, da sind die besten Verstecke.«

»Ari, Sie müssen herkommen. *Sie müssen sofort herkommen!*«

Salvör hatte genau in dem Moment angerufen, als Ari sich seinem eigenen Ei widmen wollte. Kristín hatte vorgesorgt und auch für die Erwachsenen zwei Eier besorgt. Stefnirs Ei hatten sie nach langer Suche auf dem Kronleuchter entdeckt. Fast konnte man den Eindruck haben, Kristín wolle das Familienleben ausprobieren, spiele mit dem Gedanken, es noch einmal zu versuchen, doch gleichzeitig hatte sie etwas Distanziertes, das schwer zu greifen war. Er kannte sie einfach zu gut. Sie gab sich Mühe, und es schien ihr wichtig zu sein, dass die kleine, zerbrochene Familie einen schönen Ostermorgen erlebte, aber mehr auch nicht. Da war er sich ziemlich sicher.

Er stand vom Esstisch auf und ging in die Küche.

»Salvör, sagen Sie mir, was passiert ist. Ganz in Ruhe. Und wenn es nötig ist, komme ich.«

Sie klang richtig aufgelöst.

»Es... es wurde eingebrochen... diese Nacht... ich...«

Damit hatte Ari nicht gerechnet. Er war davon ausgegangen, dass sie ihm mal wieder Druck machen und ihn zu weiteren Ermittlungen antreiben wollte, obwohl er immer noch so gut wie nichts in den Händen hatte. Ein Einbruch hingegen war ein echter Grund für weitere Recherchen rund um den Tod des Mädchens.

Ögmundur war schon vor Ort, als Ari Salvörs Haus erreichte. Eigentlich hatte Ögmundur am Osterwochenende Dienst, aber unter diesen Umständen war es angebracht, dass sie beide zur Stelle waren, denn es wurde in der Gegend äußerst selten eingebrochen. Die Einbrüche, die Ari hier oben bisher erlebt hatte, konnte er an einer Hand abzählen. Damals hatte Tómas ihm erklärt, dass in Siglufjörður kaum jemand seine Tür abschloss. Das hatte sich inzwischen geändert, wie auch Jón und Jónína in Unnurs Todesnacht erwähnt hatten: *Früher haben wir nie abgeschlossen, aber heute tun wir das.* Noch hatte Siglufjörður etwas zauberhaft Verträumtes, fand Ari, doch langsam hielt die Realität auch im Norden Einzug. Nichts ließ sich auf ewig abwenden.

»Ich habe nichts gehört, überhaupt nichts«, sagte Salvör. Sie wirkte richtig besorgt, und man sah ihr an, dass sie geweint hatte.

»Ein Fenster zum Garten wurde aufgehebelt, hier neben der Terrassentür«, sagte Ögmundur. »Haus- und Terrassentür waren abgeschlossen. Ich denke nicht, dass das viel Lärm gemacht hat.«

»Und wurde etwas gestohlen?« Ari sah Salvör an.

»Ich bin mir nicht sicher, habe noch nicht überall kontrolliert. Ich glaube nicht, aber ...«

»Ja?«

»Ich verstehe das nicht ganz. Es gibt jede Menge Wertsachen im Haus, nichts richtig Teures, aber immerhin Dinge, die ... die ein Einbrecher mitnehmen würde. Und diese Sachen sind alle noch an ihrem Platz. Das ist schon merkwürdig.«

»Aber Sie sind überzeugt, dass jemand im Haus war?« Jetzt schaltete sich Ögmundur ein. »Das steht außer Frage. Es sei denn ...« Er beendete seinen Satz nicht, doch Ari wusste, worauf er hinauswollte. Er hatte bestimmt sagen wollen: *Es sei denn, Salvör ist es selbst gewesen ...*

Ehe Ari etwas sagen konnte, ergriff Salvör das Wort: »Ari, ich glaube, er ist in ihrem Zimmer gewesen ...«

»In Unnurs Zimmer?«

»Ja, dort liegen einige Sachen nicht mehr an ihrem Platz.«

»Sind Sie sicher?«, fragte er mit Nachdruck.

»Ja«, antwortete sie, ohne zu zögern. »Aber ich weiß ... ich weiß nicht, warum oder was er mitgenommen haben könnte ...«

»Er? Wissen wir denn, dass es ein Mann war?« Er sah erst Salvör, dann Ögmundur an.

Ögmundur schüttelte den Kopf. »Keine Ahnung.«

Ari folgte Ögmundur zu dem Fenster, das deutliche Spuren des Einbruchs aufwies. Nachdem der Eindringling es aufgehebelt hatte, hatte er vermutlich die Terrassentür öffnen können.

Anschließend ging Ari in Unnurs Zimmer und sah sich um. Er glaubte Salvör, dass jemand darin gewesen war, aber es war für ihn nicht auszumachen, welche Dinge möglicherweise fehlten, wenn dieser Jemand überhaupt etwas hatte mitgehen lassen. Dieses Ostern lief wirklich völlig anders als erwartet, schlimmer konnte es kaum werden. Der Tod des Mädchens wurde immer eigenartiger, und der Zwischenfall im Pflegeheim war Ari auch nicht ganz geheuer. Möglicherweise gab es für alles eine einfache Erklärung, doch Ari musste zugeben, dass er langsam nicht mehr daran glaubte.

»Und Sie haben in der Nacht nichts bemerkt? Sind nicht aufgewacht?«, fragte Ari Salvör. Sie saßen inzwischen am Wohnzimmertisch.

Sie schüttelte den Kopf.

»Nichts. Ich kann nicht sagen, wann es passiert ist.«

»Jetzt überlegen Sie bitte gut, Salvör. Gab es irgendetwas im Zimmer Ihrer Tochter, für das sich jemand interessieren könnte, etwas, das ...« Ari zögerte, wollte nicht zu viel hineininterpretieren, doch dann sagte er: »Etwas, das ein Licht auf die Ereignisse werfen würde?«

Salvör schwieg einen Moment. Sie senkte den Kopf und antwortete: »Nein, nicht, dass ich wüsste.« Sie war den Tränen nahe. »Wie gesagt, sie war ein ganz normales Mädchen. Sie hatte keinerlei Probleme, war gut in der Schule, hat sich vor allem aufs Lernen konzentriert ... Es gab wirklich keinerlei Schwierigkeiten.«

Dann fügte sie hinzu: »Und auch keine Geheimnisse.«

Spätestens jetzt fiel es Ari schwer, dieser wiederholten Beteuerung Glauben zu schenken.

24

»Ari, die Eheleute aus dem Haus, von dem das Mädchen gestürzt ist, haben angerufen. Sie wollen mit dir sprechen«, sagte Ögmundur, als Ari auf der Wache vorbeischaute.

»Konntest du denn nicht mit ihnen sprechen?«, entgegnete er, vielleicht ein bisschen zu schroff. Er wollte so schnell wie möglich nach Hause zu Kristín und Stefnir.

»Ich konnte nicht viel dazu sagen. Die Frau war am Telefon, ihren Namen habe ich vergessen.«

»Jónína.«

»Genau. Sie wollte wissen, wie es läuft. Ich hatte den Eindruck, dass ihr das alles Sorgen bereitet. Erstaunlich große Sorgen, fand ich. Kannte sie das Mädchen?«

Ari schüttelte seufzend den Kopf.

»Vielleicht gehe ich kurz zu ihnen.«

Jónína öffnete die Tür und führte Ari ins Wohnzimmer. Sie machte tatsächlich einen besorgten Eindruck.

Sie setzte sich auf ihren angestammten Platz auf dem Sofa am Fenster. Die Wohnung war genauso spärlich beleuchtet wie bei Aris erstem Besuch. Jóhann war nirgends zu sehen.

Ari setzte sich ihr gegenüber.

»Jóhann ist unterwegs. Der geht um diese Zeit immer ins Schwimmbad«, stieg Jónína nach einem kurzen Schweigen unvermittelt ins Gespräch ein. »Er war nicht so begeistert davon, dass ich angerufen habe«, fügte sie hinzu.

»Wieso nicht?«

»*Geht uns nichts an*, sagt er. Sicher, wir kannten Unnur nicht, aber ihre Mutter natürlich schon. Hier kennt ja jeder jeden. Das ist so furchtbar, man kann es gar nicht in Worte fassen.«

Ari nickte.

Danach herrschte Stille, bis Ari fragte: »Hier kennt jeder jeden, sagen Sie. Kennen Sie auch Vater und Sohn auf Siglunes?«

Sie guckte verdutzt. »Ja, ich kenne Karvel. Den älteren Karvel, meine ich. Wir sind zusammen zur Schule gegangen. Ein feiner Kerl. Warum … warum fragen Sie?«

»Ach, es gibt keinen speziellen Grund. Ich war gestern dort, habe eine kleine Bootstour unternommen. Sieht gut aus da draußen. Ihr Haus, meine ich.«

»Ich bin schon ewig nicht mehr drüben gewesen. Und auch nie mit einem Boot hingefahren. Es ist eine schöne Wanderung, aber nicht mehr in meinem Alter.«

Sie wirkte jetzt gelöster als zu Beginn, und Ari nutzte die Gelegenheit: »Wollten Sie mir denn noch etwas mitteilen, das mit Unnur zu tun hat?«

»Ihnen etwas mitteilen? Ähm ... nein, wie kommen Sie darauf?«

»Ich dachte, Sie hätten neulich in der Nacht vielleicht vergessen, mir etwas zu sagen. Das passiert häufig. Manches fällt einem erst wieder ein, wenn ein wenig Zeit verstrichen und der erste Schock verarbeitet ist.«

Sie schüttelte den Kopf.

»Nein, da ist nichts. Ich mache mir nur ...«

Sie zögerte, doch Ari wartete geduldig.

»Ich mache mir einfach nur Sorgen. Weil ich die Tür geöffnet habe, wissen Sie. Ich habe sie ins Haus gelassen. Ich kann seitdem nicht mehr gut schlafen.«

»Verstehe ...« Ari wusste nicht, wie er ihr diese Last nehmen sollte. Es war ja tatsächlich so, dass sie Unnur ins Haus gelassen und das Mädchen sich daraufhin vermutlich das Leben genommen hatte.

»Hätte das nicht ohnehin so geendet?«, fragte sie. »Ich möchte das nicht ... also, ich meine ... ich möchte das nicht auf dem Gewissen haben.«

Kurz kam ihm der Gedanke, dass das hier möglicherweise alles eine große Inszenierung war, dass die beiden ihm etwas verheimlichten. Regte sich da etwa Jónínas schlechtes Gewissen? Ari musste in seinem Beruf eher an das Schlechte als an das Gute im Menschen glauben.

Hatte Unnur an jenem Abend vielleicht zu den beiden gewollt? Und hatte ihr Besuch auf diese furchtbare Weise geendet?

Genauso fragte er sich: Hatte Unnur den Historiker und Lehrer im Obergeschoss besuchen wollen? Auch mit ihm musste er noch einmal reden, so viel stand fest.

»Wissen Sie was, Jónína?«, sagte er schließlich. »Ich arbeite seit vielen Jahren für die Polizei und habe vorher Theologie studiert. Meiner Erfahrung nach tragen Sie keine Schuld. Sie haben lediglich getan, was alle in Ihrer Situation getan hätten. Hier in diesem kleinen Ort vertrauen wir unseren Nachbarn. Sie konnten nicht ahnen, was im Kopf dieses armen Mädchens vor sich ging, und wir werden es wohl auch nie erfahren. Daher denke ich, dass Sie von nun an wieder ruhig schlafen können.«

Er war selbst überrascht von sich. Er hatte nicht vorgehabt, eine solche Rede zu schwingen, und glaubte selbst kaum, was er da sagte. Aber immerhin schien es der Frau danach besser zu gehen.

Und er selbst fühlte sich auch etwas besser.

Sie lächelte matt.

»Entschuldigen Sie, kann ich Ihnen etwas anbieten? Das habe ich völlig vergessen. Ich könnte Kaffee kochen und hätte auch noch etwas Gebäck dazu.«

»Nein, danke. Ich habe es eilig. Aber sagen Sie mir, ist Bjarki aus Reykjavík zurück?«

»Doch, ja, der ist gestern Abend gekommen. Vorhin habe ich Geräusche von oben gehört.«

»Sehr gut, dann klopfe ich mal eben bei ihm an.« Ari stand auf. »Es war schön, Sie zu sehen. Melden Sie sich bitte unbedingt, wenn Ihnen etwas einfällt. Man weiß nie, vielleicht haben Sie ja doch irgendetwas durchs Fenster gesehen ...«

Sie nickte. »Ja, sicher ... das mache ich.«

»Und Grüße an Jóhann.«

25

Bjarki schien sich über den Besuch zu wundern, doch er ließ Ari ohne zu zögern herein. »Entschuldigen Sie, ich hatte nicht mit Besuch gerechnet, daher ... tja ... sieht es recht wüst aus, ich arbeite gerade ... Kommen Sie einfach ins Wohnzimmer.« Er räumte mehrere Bücher vom Sofa und schaffte Platz für Ari.

Bjarki war groß, hatte dichtes Haar und trug eine runde Brille. Ari schätzte ihn auf um die vierzig. Braun gebrannt und mit muskulösen Schultern sah er nicht gerade aus wie jemand, der seine Nase den ganzen Tag in Bücher steckte. Er hatte eine starke Präsenz und würde sicher einen guten Lehrer oder Politiker abgeben, dachte Ari.

Ari setzte sich. Die Wohnung war gemütlich, mit alten Möbeln eingerichtet.

Bjarki bot Ari nichts zu trinken an. Machte sich keinerlei Umstände. Dabei wirkte er nicht verärgert über den Besuch, sondern er hatte wohl einfach Wichtigeres zu tun. Ari hatte auch gar nicht vor, lange zu bleiben, er wollte nur die Gelegenheit nutzen, wo er schon mal vor Ort war. Wollte diese merkwürdige Sache endlich verstehen.

»Gehört Ihnen die Wohnung?«, fragte Ari, obwohl er sich zu erinnern meinte, dass es die Wohnung seiner Großeltern gewesen war.

»Ähm, ja, beziehungsweise eigentlich meinem Vater«, antwortete Bjarki. »Ich bin hier geboren, aber habe als Erwachsener nie in Siglufjörður gelebt. Dabei fühle ich mich sehr wohl hier. Ich schreibe gerade ein Buch. Habe ein Stipendium von der Stadt bekommen, denn der Fokus liegt auf Siglufjörður und den Westaussiedlern aus dieser Region, aber ich werde sicher noch weiter ausholen.«

»Ah ja. Ist das eine Vollzeitarbeit?«, fragte Ari leicht zweifelnd.

»Mehr oder weniger.«

»Wieso die Westaussiedler?«, fragte Ari.

Bjarki lächelte. »Weil ich Historiker bin«, sagte er. »Das ist ein wahnsinnig spannendes Kapitel in der isländischen Geschichte, und noch kaum einer hat darüber aus der Sicht der Leute von hier geschrieben. Haben Sie sich mal damit beschäftigt?«

»Das kann ich nicht behaupten.« Aris Interesse an Geschichte war definitiv begrenzt. Wenn er eine freie Minute hatte, hörte er lieber Musik und kriegte dadurch den Kopf frei, anstatt ihn mit Fakten über vergangene Zeiten zu füllen.

»Ich interessiere mich schon seit der Gymnasialzeit dafür, oder sogar noch länger. Wir wissen nicht genau, wie viele Leute nach Westen ausgewandert sind, mindestens fünfzehntausend, wahrscheinlich mehr.«

»Und Sie kriegen ein Stipendium für ihre Forschungen?«

»Ja, ich habe auch früher schon mal ein Stipendium bekommen, als ich über den Hering geschrieben habe«, sagte er nicht ohne Stolz.

»Ach ja?«

»Mein Vater ist gebürtiger Siglufjörðuraner. Ich bin, wie gesagt, hier geboren, aber dann sind wir nach Reykjavík gezogen. Meine Familie hat im Hering gearbeitet, wie alle, aber die Fische waren schon weg, als ich auf die Welt kam. Mein Vater hat damals oft von dieser Zeit erzählt. Das waren fette Jahre. Von den Heringsjahren haben Sie sicher gehört, oder?«

Ari nickte.

»Das eine oder andere. Mit einem Mal blieben die Heringe aus.«

»Ja, und alle Investitionen waren für die Katz. Als die Leute ihre Kredite nicht mehr bedienen konnten, haben sie alles an die Banken verloren, und nach und nach ist der Ort ausgestorben. Ich bin nicht so politisch, aber mein Vater ist ein Konservativer und sagt, dass dadurch jegliche Privatinitiativen zum Erliegen gekommen sind. Er hat damals viel verloren und wollte nicht mehr hier leben. Wir sind nach Reykjavík gezogen, als ich ein Kleinkind war.«

»Und jetzt sind Sie zurück.«

»Ich ...« Er zögerte, was Ari überraschte. »Ich fühle mich einfach wohl hier. Die schöne Wohnung, voller guter Erinnerungen. Und auch der Ort ist inzwischen richtig lebendig. Touristen, Investitionen von außerhalb, das kulturelle Leben blüht – es ist wirklich schön, hier zu sein.«

Ari stand auf.

»Ja, das ist ein toller Ort«, sagte er.

Er mochte den Historiker, unter anderen Umständen hätten sie gute Bekannte oder sogar Freunde werden können. Ari hatte nicht viele Freunde im Ort, hatte sich vor allem an Tómas und Pfarrer Eggert gehalten, die beide einer anderen Generation angehörten. Solange Kristín an seiner Seite gewesen war, hatte das keine Rolle gespielt, hatten sie einander als gleichaltrige Gesellschaft genügt, auch wenn es nicht immer glattlief. Und als Stefnir auf die Welt kam, hatte er jede freie Minute mit Mutter und Sohn verbracht. Inzwischen sah die Situation anders aus.

»Ich kann mir keinen besseren Ort vorstellen«, bekräftigte Bjarki.

»Bleiben Sie bis zum Sommer hier? Oder sogar noch länger?«, fragte Ari.

»Das Stipendium läuft bis Mitte nächsten Jahres, mindestens. Im Herbst reise ich auf den Spuren der Isländer nach Kanada, schreibe dort ein paar Wochen, aber ansonsten bin ich mehr oder weniger hier. Den Sommer in Siglufjörður will ich mir nicht entgehen lassen.«

»Vielleicht trinken wir mal einen Kaffee, ich würde gern mehr über die Geschichte der Westaussiedler erfahren. Wenn hier wieder etwas Ruhe eingekehrt ist.«

Bjarki lächelte. »Abgemacht. Für einen Kaffee bin ich immer zu haben.«

Und plötzlich, ohne dass Ari daran gedacht hätte, meldete sich das Misstrauen zu Wort: *Vertraue niemandem ...*

»Sie sagten am Telefon, Sie waren auf einem Kongress?«

»Ja, das stimmt.«

»Worum ging es denn?«

»Das war von der Uni organisiert, es ging um Methodik bei der Quellenarbeit, nur für Eingeweihte interessant.« Dann schien ihm klar zu werden, weshalb Ari fragte. »Ich habe am Mittwoch einen Vortrag gehalten und saß am Abend auf dem Podium. Danach gab es ein Abendessen und das übliche Besäufnis.« Er lächelte, und Ari wusste, dass er damit sagen wollte: *Ich war am Mittwoch in Reykjavík, habe bis in die Nacht getrunken und war nicht in meiner Wohnung in Siglufjörður, als das Mädchen von der Dachterrasse gestürzt ist.*

»Und Osterferien, hatten Sie gesagt, oder?«

»Osterferien?«

»Ja, ich hatte das so verstanden, dass Sie anschließend die Ostertage in Reykjavík verbringen wollten.«

»Ach ja, genau. Da habe ich meine Pläne geändert, ich bin noch am Gründonnerstag zurückgekehrt, sofort nach Ihrem Anruf. Mir war richtig unbehaglich, ich wollte einfach sichergehen, dass mit der Wohnung alles in Ordnung ist, wenn Sie verstehen ...«

»Und ist Ihnen etwas aufgefallen?«

Bjarki schüttelte den Kopf. »Nein, ich habe mich umsonst gesorgt.«

»Aber Sie melden sich, falls doch noch etwas sein sollte.«

»Natürlich.« Dann fügte Bjarki leicht zögernd hinzu: »Und denken Sie, dass sie … gestoßen wurde?«

Ari dachte kurz nach.

»Eher nicht. Im Moment deutet zumindest nichts darauf hin.« Er sah keinen Grund, Bjarki von seinen Zweifeln zu berichten.

»Aber dennoch ermitteln Sie in der Sache?«

»Ermitteln? Tja, ich … ich möchte nur einige Dinge klären, für ihre Mutter. Wobei ich keine große Hoffnung habe, dass wir es verstehen werden. Manches ist einfach, wie es ist, und wir werden keine Erklärung dafür finden.«

»Wahrscheinlich nicht«, sagte Bjarki.

»Danke, dass Sie sich Zeit für mich genommen haben.«

»Kein Problem. Und lassen Sie uns gern mal auf einen Kaffee treffen.«

26

»Die Vorhersage sieht nicht gut aus, da kommt richtig was auf uns zu«, sagte Kristín, als Ari durch die Tür kam. Er hatte sich so auf Mutter und Sohn gefreut, doch Kristín blickte finster drein. »Ich fürchte, wir müssen noch heute nach Reykjavík fliegen.«

»Noch heute?« Ari fühlte sich vor den Kopf gestoßen und bereute es, dass er die ganze Sache nicht komplett an Ögmundur übergeben hatte. Wie idiotisch von ihm, dass er so viel Zeit in Ermittlungen gesteckt hatte, die eh zu nichts führen würden, und dadurch unersetzliche Stunden mit Stefnir verloren gegangen waren. Denn Kristín hatte recht, das Unwetter würde früher eintreffen als erwartet, nämlich schon am Ostermontag. Auch der ungewohnt dichte Verkehr aus der Stadt an diesem Morgen sprach dafür. Die Ostertouristen wollten nicht in Siglufjörður festsitzen.

»Ich habe den Flug schon umgebucht. Morgen ist kein Reisewetter, daher fliegen wir jetzt am frühen Nachmittag von Akureyri los.«

»Was? Wann müsst ihr denn aufbrechen?«, fragte Ari, obwohl er ahnte, wie ihre Antwort lauten würde. Er versuchte, sich die Enttäuschung nicht allzu sehr anmerken zu lassen.

»Wir müssen gleich fahren, Ari. Ich habe nur noch auf dich gewartet. Gepackt habe ich bereits, die Sachen sind schon im Auto.«

»Aber ...« Er wollte so viel sagen, doch er fand nicht die richtigen Worte. »Ihr wart nur so kurz hier, wir hatten so wenig Zeit zusammen.«

»So ist das«, sagte sie. »Manchmal zwingen uns die Umstände.«

Er rechnete ihr an, dass sie ihm keine Vorwürfe wegen der Arbeit machte, die ungeahnt viel Zeit gekostet hatte.

»Wir holen das nach«, fügte sie hinzu und drückte Ari an sich. »Du besuchst uns im Sommer, oder? Das dauert gar nicht mehr so lange.« Sie klang beinahe, als redete sie mit einem Kind und nicht mit einem Erwachsenen, aber vielleicht war genau das gerade angemessen. Jedenfalls fühlte Ari sich wie ein kleiner, enttäuschter Junge.

»Doch, das steht fest. Der Flug ist schon gebucht.«

»In Schweden ist es im Juli auch deutlich wärmer als hier.«

»Mach mir den Sommer in Siglufjörður nicht schlecht«, entgegnete er in etwas leichterem Ton.

Dann wandte er sich dem Jungen zu, nahm ihn auf den Arm und drückte ihn fest an sich.

27

Ari hatte die Ermittlungen zum Einbruch an Ögmundur übergeben. Er rechnete nicht damit, dass etwas Entscheidendes dabei herauskommen würde. Das war nervige Fleißarbeit in der Hoffnung, dass ein Schuldiger Spuren hinterlassen oder jemand ihn gesehen hatte, doch bislang hatten Ögmundurs Nachforschungen nichts ergeben.

Für Ari stand währenddessen ein Gespräch mit einer weiteren Person an, die Unnur gekannt hatte, und zwar mit ihrer Freundin Sara. Gleich nach dem Aufbruch von Kristín und Stefnir hatte er versucht, das Mädchen zu erreichen. Ein bisschen Ablenkung konnte er jetzt gut vertragen.

Am Telefon hatte Sara ein Treffen in dem Café vorgeschlagen, in dem sie über Ostern arbeitete.

Als Ari dort eintraf, standen die Leute bis vor die Tür Schlange. Das Café war auf Kakaogetränke spezialisiert, und die kamen in den Ostertagen offenbar besonders gut an.

Ein junges Mädchen winkte ihm zu, als er durch die Tür trat. Er ging zu ihr.

»Hi, ich bin Sara. Kommen Sie nach hinten durch, ich mache eine kleine Pause.«

Das Mädchen hatte etwas Strahlendes, sie lächelte freundlich und schien mit dem Leben im Einklang zu sein. Sie bot Ari eine heiße Schokolade an, die er gerne annahm.

»Tut mir leid, dass ich dich von der Arbeit abhalte«, sagte er.

»Kein Problem, eine kleine Pause tut immer gut. Hier ist wahnsinnig viel zu tun, aber es ist toll, über Ostern arbeiten zu können.«

»Bist du im letzten Schuljahr?«

»Jep.«

»Und dann?«

»Dann gehe ich natürlich nach Reykjavík.«

Es überraschte ihn, wie prompt ihre Antwort kam.

»Ich will an die Uni, Ingenieurwesen studieren.«

»Und dann kehrst du wieder zurück?«

Sie lächelte bloß. Damit war die Antwort klar.

»Du und Unnur, ihr kanntet euch, oder?«, fragte er nach einem Schluck von dem heißen, wirklich köstlichen Kakao.

»Jep, wir kannten uns recht gut. Könnte man sagen.«

»Beste Freundinnen?«

Sie lächelte. »Nein, nein, überhaupt nicht. Sie hatte nicht viele Freundinnen. Aber wir saßen nebeneinander, in der Schule, meine ich. Irgendwie kam es dazu, daher haben wir oft zusammengearbeitet. Außerhalb der Schule hatten wir nichts miteinander zu tun.«

»Hatte sie einen festen Freund … oder eine feste Freundin?«

»Nein, weder noch, glaube ich. Ganz sicher nicht. Sie war meist einfach nur für sich. Ein fleißiges Mädchen, angenehm … Ein guter Mensch, glaube ich.«

»Schwermütig?«

Sara dachte nach.

»Weiß nicht.« Dann fügte sie hinzu: »Und ich weiß auch nicht, ob ich es erfahren hätte. Es war schwer, sie zu lesen. Aber wenn Sie so fragen, kann ich sagen, dass sie mir in den letzten Wochen einen Hauch distanzierter vorkam, irgendwie matter.«

»In welcher Hinsicht?«

»Schwer zu sagen. Mit den Gedanken woanders, vielleicht. Normalerweise war sie total gut organisiert, aber in der letzten Zeit war das nicht immer so. Keine Ahnung, warum.«

»Dein Name taucht in ihrem Kalender öfter auf. Wegen Schularbeiten und dergleichen«, sagte Ari leicht zögerlich, denn er wollte nicht zu viel verraten. »Ich hatte das Gefühl, ihr würdet euch besser kennen …«

Saras Gesicht entgleiste kurz, als hätte sie damit nicht gerechnet.

»Ich … Ja, vielleicht hat sie das so gesehen. Keine Ahnung. Vielleicht …« Sie zögerte. »Wahrscheinlich hatte sie keine anderen Schulfreunde. Schon traurig …«

»Was sagen denn deine Freunde zu den Ereignissen? Irgendwelche Zweifel? Theorien?«

Sie zuckte mit den Schultern, schien sich wieder gefangen zu haben.

»Was soll man dazu sagen? Das ist schlimm, klar, aber wir wissen nichts darüber. Solche Dinge passieren. Wir waren natürlich alle geschockt, aber ich habe nicht das Gefühl, dass jemand etwas weiß oder vermutet oder ...« Wieder zögerte sie.

»Sara.« Er wählte seine Worte sorgfältig. »Möglicherweise war es schlicht ein Selbstmord, und es kann gut sein, dass wir die Gründe dafür nie erfahren. Wenn es aber Hinweise darauf gibt, dass hier etwas passiert ist, das näher untersucht werden sollte, dann müssen wir es herausfinden, und es ist sehr, sehr wichtig, dass uns nichts vorenthalten wird. Das verstehst du, oder?«

Sie warf einen Blick über ihre Schulter. Sie saßen allein in der kleinen Küche, der Duft nach Schokolade hing in der Luft, und die Cafégeräusche drangen zu ihnen. Ostern musste einen wahren Geldsegen für Siglufjörður bedeuten, und das, obwohl einige Besucher schon wieder abgereist waren.

»Also gut. Ich musste kurz an ein Mädchen denken, das in unsere Klasse geht. Sie heißt Jenný. Kennen Sie sie?«

»Ich weiß, wer sie ist«, sagte Ari mit neutraler Stimme. Er wollte nicht zu viel preisgeben, schon gar nicht, dass besagte Jenný ihn bereits aufgesucht hatte.

»Ihr hat das alles sehr zugesetzt, habe ich gehört, dabei kannten die beiden sich kaum. Na ja, vielleicht weiß sie irgendetwas. Sie könnten mit ihr reden, aber bitte sagen Sie nicht, dass der Hinweis von mir kommt, ich will da nicht reingezogen werden.«

»Danke.«

»Ich muss jetzt auch mal wieder an die Arbeit, es ist wahnsinnig viel zu tun.«

»Verstehe. Und danke, dass du dir die Zeit genommen hast, Sara.«

Er verabschiedete sich und verschwand durch das Gedränge in die Kälte.

28

Nach dem Gespräch mit Sara lief Ari nicht zurück ins Stadtzentrum, sondern schlenderte in die entgegengesetzte Richtung, zum Schwimmbad. Dort befand sich die Künstlerresidenz, in der sich Guðjón Helgason aufhielt, der Mann, der Unnurs Leiche entdeckt hatte. Ögmundur hatte seine Schilderung protokolliert, aber sie hatten keine großen Erkenntnisse daraus gewonnen. Schon seit ihrem kurzen Gespräch in der Nacht zum Gründonnerstag hatte Ari sich vorgenommen, noch einmal mit ihm zu sprechen. Nicht zuletzt sein nächtliches Herumstromern kam ihm doch ziemlich merkwürdig vor.

Die Künstlerresidenz war ein kleines, altes Holzhaus am Meer. Eines der vielen Gebäude im Ort, die man in den letzten Jahren liebevoll restauriert hatte.

Ari klopfte an.

Es dauerte eine ganze Weile, bis Guðjón die Tür öffnete. Er sah verschlafen aus, in kurzer Hose und Unterhemd.

»Ach, hallo«, sagte er nach einem irritierten Schweigen. »Ich hatte nicht mit Besuch gerechnet.«

»Ich war gerade in der Nähe. Darf ich kurz reinkommen?«

»Natürlich.«

Ari trat ein.

»Waren Sie schon mal hier? Es ist richtig gemütlich.«

»Nein, aber ich bin unzählige Male an diesem Haus vorbeigefahren.«

Sie waren in einem kleinen Wohnzimmer angelangt, das mit altmodischen, charmanten Möbeln eingerichtet war und einen fantastischen Blick über den Fjord bot.

»Das Atelier ist im Keller. Oben soll nicht gemalt und gewerkelt werden. Es ist wirklich toll hier. Das Haus gehört einem Ehepaar aus Reykjavík, beide Juristen. Sie sind den Sommer über hier und vermieten das Haus die restliche Zeit an Künstler. Normalerweise kann ich nicht viel mit Anwälten anfangen, aber die sind wirklich in Ordnung.«

»Danach klingt es.«

»Sie haben auch noch einen Leuchtturm auf der anderen Seite des Fjords gekauft, einen alten, kaputten Turm. Den bringen sie gerade wieder auf Vordermann. Da soll später vielleicht auch mal eine Künstlerwohnung draus werden.«

»Ach ja? Davon habe ich noch nichts gehört. Ist das der Leuchtturm auf Siglunes?«, fragte Ari.

»Nein, auf halbem Weg dorthin. Der ist schon lange nicht mehr in Betrieb.«

Ari setzte sich nicht, wollte nicht lange bleiben.

»Ansonsten kann ich Ihnen nichts Neues erzählen«, sagte Guðjón. »Wir sind das alles ja schon durchgegangen, und mit Ihrem Kollegen habe ich auch gesprochen.«

»Gehen wir es noch einmal durch«, sagte Ari, der am liebsten korrigiert hätte: *Mitarbeiter, nicht Kollege.* Doch er ließ es bleiben.

»Wie gesagt, ich habe das Haus hier für drei Monate«, antwortete Guðjón kurz angebunden. »Die Zeit ist bald um, in ein paar Tagen sind Sie mich los.«

»Das Mädchen, das gestorben ist, hieß Unnur, wie Sie vermutlich mitbekommen haben.«

»Ja, der Name ist in den Nachrichten aufgetaucht.«

»Kannten Sie sie?«

»Sagte ich ja schon: nein. Ich kenne niemanden hier im Ort, nicht wirklich. Es gibt ein paar Künstler, zu denen ich Kontakt hatte, wir sind mal einen trinken gegangen, aber das sind lediglich Bekannte, und ich kann sie an einer Hand abzählen.«

»Unnurs Mutter heißt Salvör, sie wohnt hier im Ort. Sind Sie sich mal begegnet?«

Guðjón schüttelte mit finsterem Blick den Kopf.

»Nie gesehen.« Dann fügte er hinzu: »Macht ihr das immer so, dass ihr versucht, Außenstehende in so unschöne Dinge reinzuziehen? Obwohl sie sich vermutlich schlicht von der Dachterrasse gestürzt hat, was ja eigentlich eine ziemlich klare Sache ist …«

»Was mir vor allem nicht klar ist, Guðjón: Warum waren Sie mitten in der Nacht dort unterwegs?«

»Ich wusste nicht, dass ich in einem Polizeistaat lebe. Ich bin einfach spazieren gewesen. Nachts habe ich den besten Zugang zu meiner Schaffenskraft.« Er machte ein verächtliches Gesicht. »Das verstehen Sie sicher nicht.«
»Haben Sie irgendetwas gesehen, was Sie mir mitteilen möchten? Sind Ihnen in Tatortnähe noch weitere Personen aufgefallen?«
»In Tatortnähe? Jetzt sind wir aber formell. Entspannen Sie sich mal, guter Mann.«
Ari hielt seine Wut zurück. Im Moment kam er hier nicht weiter. Vielleicht sagte Guðjón tatsächlich die Wahrheit, aber fest stand, dass Ari mit diesem Mann nichts zu schaffen haben wollte, außer, wenn es unbedingt notwendig war.

29

Im alten Haus in der Eyrargata saß Ari im Wohnzimmer, als Tómas anrief. Draußen zog ein Sturm auf, bisher noch ohne Niederschlag, aber laut Wetterbericht war das nur eine Frage der Zeit.

Eigentlich hatte Ari den Tag mit seinem Sohn verbringen wollen, aber daraus wurde nun nichts mehr. Nachdem Kristín und Stefnir abgereist waren, hatte er aus dem Hotel ausgecheckt. Jetzt naschte er den Rest von seiner Osterschokolade. Das drohende Unwetter hatte ihm den Rest des Osterwochenendes kaputt gemacht, ihn in die kalte Realität zurückgeholt.

Ari ging ran und überlegte kurz, ob Tómas vielleicht anrief, um über den Job in Reykjavík zu reden. Bei ihrem kurzen Telefonat gestern war das Thema nicht zur Sprache gekommen. Immerhin hatte Tómas gesagt, dass sie sich bald mal wieder treffen müssten.

Er war nicht sicher, was er antworten würde, wenn es tatsächlich um ein Jobangebot aus Reykjavík ginge, aber spannend fand er den Gedanken schon.

»Hallo, Tómas.«

»Ari, mein Freund. Störe ich gerade, Meister? Und überhaupt: Frohe Ostern!«

»Alles gut, du störst nicht. Danke, gleichfalls.«

»Entschuldige, ich hatte gestern viel um die Ohren. Als ich heute früh aufgewacht bin, habe ich noch mal darüber nachgedacht, was du mir erzählt hast.«

Ari stutzte, damit hatte er nicht gerechnet. Und gleichzeitig merkte er, dass er lieber über ein anderes Thema gesprochen hätte. Selbst wenn er nicht sofort zuschlagen würde, wäre ein Jobangebot als Gesprächsgrundlage eine feine Sache.

»Ach ja?«

»Na, im Grunde ist es ziemlich banal. Ich habe mir das Foto angeschaut, das du geschickt hast, aber das hat kaum etwas bewirkt. Außer, dass man sofort zurückwill, wenn man ein Foto von Siglufjörður sieht!« Er lachte. »Du meintest, das Mädchen hat etwas gesehen, das sie aufgewühlt hat, oder?«

»Stimmt.«

»Darüber habe ich nachgedacht. Sagte sie, sie hat dort etwas gesehen? Hat sie es so formuliert?«

»Ja, oder, naja ... Wie meinst du das?«

»Ich meine, vielleicht hat sie nicht etwas, sondern jemanden gesehen.«

Ari dachte über diese Möglichkeit nach. Er erinnerte sich nicht mehr an die genaue Formulierung des Mädchens, aber wahrscheinlich hatte Tómas recht.

»Könnte gut sein«, sagte er. »Interessanter Punkt.«

»Schade, dass ich jetzt nicht bei dir bin, Ari. Es wäre schön, gemeinsam darüber nachzudenken, wie früher. Wir zwei waren ein starkes Team, nicht?«

»Ein richtig starkes Team«, bestätigte Ari.

»Wie ist denn der Neue? Wie heißt er noch gleich …?«

»Ögmundur.«

»Ögmundur, richtig. Ich kenne ihn nicht. Weißt du etwas über seine Familie?«, fragte Tómas.

»Leider nein. Nur dass es noch keinen Polizisten in seiner Familie gab, das hat er mal erwähnt.«

»Also der erste Polizist seiner Sippe. Wie du. Und wie läuft die Zusammenarbeit?«

Ari dachte kurz nach.

»Die läuft prima.« Doch er konnte nicht verbergen, dass diese Beteuerung positiver klang, als es der Realität entsprach.

»Das ist schön zu hören. Es freut mich, dass du so gut im Norden angekommen bist.« Dann fügte er hinzu: »Ein gutes Gefühl, einen fähigen Mann in meinem alten Job zu wissen.«

»Und wie läuft es bei dir? Viel zu tun?«

»Es ist wahnsinnig viel zu tun, Meister. Leider. Wenn die Hauptstadt doch so friedlich wäre wie Siglufjörður. Und dabei sollte man es in meinem Alter mal langsam etwas ruhiger angehen lassen.« Er lachte. »Na ja, meine Frau scharrt schon mit den Hufen. Wir wollen brunchen gehen, wie man heute so sagt. In Siglufjörður hat man einfach gefrühstückt, und dann gab es Mittagessen, und zwar zu Hause, nicht im Restaurant. Aber vielleicht hat sich das inzwischen auch geändert …«

»Sicher«, sagte Ari, der mit den Gedanken woanders war. »Alles ändert sich, so ist das.«

»Wir hören uns, Meister.«

Ari stand da und starrte ins Leere. Tómas' Hinweis war gut, aber im Moment konnte er nur an die Tatsache denken, dass Tómas den Job in Reykjavík mit keinem Wort erwähnt hatte. Diese Chance schien endgültig verstrichen zu sein. Tómas hatte geklungen, als ob für Ari der Posten in Siglufjörður die Endstation wäre. Tómas hatte über die viele Arbeit in Reykjavík gestöhnt und war nicht darauf gekommen, dass Ari ihm zur Seite springen könnte.

Dann war es also so.

Ari saß in Siglufjörður fest, ob er wollte oder nicht.

30

»Ja, hallo?« Der Arzt klang kühl und selbstsicher am Telefon und schien keine Ahnung zu haben, wer da anrief.

»Hallo, Hersir. Hier ist Ari Þór Arason, von der Polizei.«

Zu dieser Zeit saßen die meisten wohl beim Osterabendessen, doch Ari hatte sich um nichts gekümmert. Kristíns plötzliche Abreise hatte alles durcheinandergebracht. Er hatte Lammrücken im Kühlschrank, den er gebraten hätte, wenn sie nicht essen gegangen wären, aber für sich alleine wollte er keinen ganzen Lammrücken zubereiten. Stattdessen hatte er Toastbrot gegessen und dann beschlossen, Hersir anzurufen, um sich abzulenken.

»Ach, Ari, ja.« Freundlich klang er immer noch nicht.

»Um noch mal an unser gestriges Gespräch anzuknüpfen ...«

»Ja?«

»Sie wollten mit Hávarðurs Sohn sprechen, ihn fragen, ob ich seinen Vater treffen kann.«

Hersir zögerte. »Ach ja?«

Ari glaubte, sich verhört zu haben. Hatte der Mann das wirklich vergessen, oder drückte er sich vor seinem Versprechen?

»Ja, ich wollte mit Hávarður darüber sprechen, was er an die Wand geschrieben hat.«

»Natürlich, bitte entschuldigen Sie. Ich dachte, die Sache wäre erledigt. Ugla und ich haben mit ihm geredet und die Wand auch schon wieder gesäubert, ich dachte, mit Ihrem Einverständnis.«

»Ich würde trotzdem gern mit ihm sprechen. Haben Sie seinen Sohn kontaktiert?«

»Nein, habe ich nicht. Es ist Ostern, da will ich ihn nicht mit so etwas belästigen ...«

»Gut, dann kümmere ich mich selbst darum. Wenn die Polizei anruft, sind die Leute in der Regel nicht genervt.«

»Nein, aber vielleicht sollte doch besser ich ...«

»Könnten Sie mir seinen Namen und eine Telefonnummer geben, oder seine Adresse?«

»Er heißt Þormóður«, sagte der Arzt zögerlich. »Wohnt in Ihrer Straße. Þormóður Hávarðarson ...«

»Alles klar, damit sollte ich ihn finden.«

»Aber ...«

»Ja?«

»Regen Sie ihn bitte nicht unnötig auf. Sein Vater baut immer mehr ab, es ist schwer, damit umzugehen, und es gibt keinen Grund ...«

»Die Seele ist ein verletzlich' Ding, stimmt's?«

»Bitte? Ähm, ja, genau.«

»Danke für das Gespräch, Hersir. Vielleicht komme ich später noch mal vorbei, falls es nötig sein sollte.«

»Unbed…« Ari legte auf, bevor der Arzt ausreden konnte.

31

Þormóður Hávarðarson hatte Aris Anliegen gut aufgenommen. Ari hatte ihn nicht angerufen, sondern kurz entschlossen an seine Tür geklopft und die Erlaubnis für ein Gespräch mit Hávarður eingeholt. Þormóður war mittleren Alters, hatte kaum noch Haare auf dem Kopf, war groß und ziemlich dünn. Ari hatte versucht, den Hintergrund seines Besuchs möglichst vage zu lassen, indem er behauptet hatte, der Alte kenne möglicherweise jemanden, der Kontakt zu dem verstorbenen Mädchen hatte.

»Es ist aber wirklich speziell, mit meinem Vater zu sprechen. Er vermischt Gegenwärtiges mit der Vergangenheit, das geht bei ihm alles ziemlich durcheinander«, sagte Þormóður.

»Und auch Ersponnenes?«, fragte Ari.

»Wie meinen Sie das?«

»Ist das, was er sagt und erzählt, in der Realität begründet?«

Darüber musste Þormóður einen Moment nachdenken. »Wissen Sie, ich sehe den alten Herrn täglich. Zum Glück kann er hier bei mir in Siglufjörður bleiben. Die

Stadt wollte ihn eigentlich nach Akureyri schicken, aber dank Hersir konnte er bleiben. Ich weiß, dass es zwischendurch auf Messers Schneide stand und das Heim fast geschlossen werden musste. Hersir hat da alles reingesteckt, was er hatte, wirklich einen ganzen Batzen. Gott sei Dank. Wie dem auch sei, ich habe nie mitbekommen, dass mein Vater Unsinn erzählt, noch nicht. Was er sagt, stimmt, doch man weiß nie, ob es gestern oder vor sechzig Jahren passiert ist.«

Als es auf den Abend zuging, wurde das Wetter schlechter, und der Himmel war mit dunklen Wolken verhangen. Trotzdem wollte Ari noch zum Pflegeheim laufen und versuchen, mit Hávarður zu sprechen.

Vor Ort traf Ari Ugla an; der Arzt war nicht im Haus.

»Hi«, sagte sie, und es lag eine Wärme in ihrer Stimme und ihrem Blick. »Neuerdings sehen wir uns ja fast täglich.«

Er lächelte, unsicher, wie er darauf reagieren sollte, unschlüssig, welche Richtung er einschlagen wollte.

»Ist Hávarður zugegen?«, fragte er stattdessen und merkte selbst, wie unnötig förmlich er klang.

»Hávarður ist immer zugegen, und gerade ist er auch wach, du hast also Glück.«

»Immer zugegen, okay. Hin und wieder wird sein Sohn doch mit ihm spazieren gehen, oder?«

»Sein Sohn? Nein, der kommt zwar regelmäßig, aber er nimmt ihn nie mit.«

»Wie geht es ihm?«

»Hávarður? Er ist gerade ziemlich gut drauf.«

»Und schmiert nicht mehr die Wände voll?«

»Nein, und er redet auch nicht mehr davon. Als hätte er die ganze Sache komplett vergessen.«

Hávarður saß im Fernsehraum in einem Lehnstuhl und schaute das Osterprogramm im Staatsfernsehen, aber es war schwer auszumachen, ob er es wirklich verfolgte oder ob er vor sich hin döste.

»Hávarður«, sprach Ugla ihn freundlich an. »Hier ist Ari von der Polizei. Er möchte kurz mit Ihnen reden.«

Die Miene des alten Mannes hellte sich auf, und er hob kurz den Blick, musterte erst Ugla und dann Ari. Für sein Alter sah Hávarður gut aus, gesund und mit ausdrucksstarken Gesichtszügen. Er war völlig kahl, was seinem Sohn mit Sicherheit auch bevorstand.

»Ari?«, fragte er mit leiser, leicht heiserer Stimme. »Ari, ja ... Aus welcher Familie stammen Sie, guter Mann?«

»Ich komme aus Reykjavík«, antwortete Ari.

»Ja, aber aus welcher Familie?«, wiederholte Hávarður.

Ari seufzte und sah Ugla an. Die lächelte ihm zu und gab ihm mit ihrem Blick zu verstehen, dass er dem alten Herrn diesen Gefallen tun sollte.

»Mein Vater Ari Þór Arason war Rechnungsprüfer. Meine Mutter hieß Hafdís und war Musikerin. Hat im Symphonieorchester gespielt.«

Hávarður hielt einen Moment inne, als müsste er diese Informationen verdauen.

»Das Symphonieorchester habe ich viel im Radio gehört. Einmal bin ich auch hingefahren und habe es mir live angesehen, ja, im Háskólabíó. Das war ... ähm, das war im letzten Jahr.«

»Das war sicher ein besonderes Erlebnis, oder?«

Hávarður lächelte unsicher und sah Ari an, als hätte er die Frage nicht verstanden.

»Ein besonderes Erlebnis?«

»Ja, das Symphonieorchester zu sehen.«

Er lächelte wieder und schüttelte den Kopf.

Nach einer ganzen Weile sagte er: »Ja, das war in der Tat ein besonderes Erlebnis.«

Ari schöpfte Hoffnung. Vielleicht kriegte sich Hávarður doch noch sortiert.

»Ach ja? Erzählen Sie mir davon«, sagte Ari nach einem kurzen Schweigen.

Hávarður setzte einen philosophischen Blick auf. »Das werde ich tun. Ich weiß noch, dass die Kirchenglocken geläutet haben.«

»Die Kirchenglocken?«

»Ja, das war natürlich sehr merkwürdig. Sehr ungewöhnlich, wie Sie sich vorstellen können.«

Ari wartete geduldig.

»Mitten in der Nacht, stellen Sie sich das mal vor.«

»Die Kirchenglocken haben mitten in der Nacht geläutet? Wann?«

»Na ja, bei dem Erdbeben. Unser Haus hat gezittert und gebebt, ich dachte schon, jetzt ist es aus und vorbei. Wir sind alle auf die Straße gerannt, ich und Mama und Papa und meine Geschwister. Wir haben uns kaum mehr ins Haus getraut. Der Strom war natürlich auch weg.«

Ari warf Ugla einen irritierten Blick zu. Sie lächelte und erklärte leise: »Diese Geschichte erzählt er mir manchmal.« Dann sah sie Hávarður an. »War das nicht 1963? Das Große Beben?«

»Ganz genau. Da kennt sie sich wohl besser aus als Sie«, sagte er schelmisch.

»Eigentlich wollte ich mit Ihnen über etwas anderes sprechen«, entgegnete Ari, der inzwischen kaum noch Hoffnung hatte, dass dieses sonderbare Verhör Erfolg haben würde.

»So?«

»Vor einigen Tagen haben Sie etwas an die Wand geschrieben, erinnern Sie sich?«

»An die Wand?« Er zog die Brauen zusammen.

Ari sah Ugla an, die mit den Schultern zuckte.

»*Sie wurde getötet*«, sagte Ari schließlich.

»Bitte?«

»Sie wurde getötet, das haben Sie geschrieben.«

»Das habe ich geschrieben? Wer wurde getötet?«

»Das wollte ich eigentlich von Ihnen wissen«, entgegnete Ari.

Hávarður blickte schweigend auf den Tisch.

»Ein junges Mädchen ist gestorben«, sagte Ari schließlich und beobachtete Hávarðurs Reaktion.

Hávarður blickte schnell auf.

»Nein, das war nicht sie. Nein, nein ... Das habe ich gesehen, das war nicht sie.«

Es schauderte Ari leicht angesichts dieser so überzeugend vorgetragenen Beteuerung. Auch Hávarðurs Blick und seine Stimme wirkten so, als meinte er etwas, das er kürzlich beobachtet hatte. Doch vom Pflegeheim aus waren die Aðalgata und der Ort, an dem Unnur gelegen hatte, nicht zu sehen, daher konnte er definitiv kein Zeuge des Geschehens geworden sein.

Jetzt glitt sein Blick in die Ferne, als ob er ins Nichts starren und noch nicht einmal Ari wahrnehmen würde.

»Wer war es dann?«, fragte Ari dennoch.

Keine Antwort.

»Wer war es, Hávarður?«, fragte er noch einmal in vielleicht etwas zu scharfem Ton. »Welche Frau oder welches Mädchen haben Sie gesehen?«

Keine Reaktion, also versuchte Ari es mit einer anderen Frage: »Hávarður?« Jetzt blickte der alte Mann auf.

»Hávarður, wer hat sie getötet?«

Und für einen kurzen Moment sah es so aus, als hätte Hávarður die Frage verstanden, als wäre Ari endlich zu ihm durchgedrungen.

»Wer? Finnbogi. Das war der Finnbogi.« In seinen Augen flackerte Wut auf. Irgendetwas hatte dieser Finnbogi getan ...

»Was hat er getan? Was hat Finnbogi getan?«

»Na, er hat sie getötet«, antwortete der Alte entschieden.

Er senkte den Blick. Und dann: »Wer sind Sie, junger Mann?«

»Das ist Ari«, erklärte Ugla freundlich. »Er wollte Ihnen nur kurz Hallo sagen.«

»Entschuldigen Sie, mein Freund«, sagte er. »Ich erinnere mich nicht an Sie. Kennen wir uns?«

Ari schüttelte den Kopf. »Kaum. Entschuldigen Sie die Störung, ich muss jetzt auch los.«

Sie setzten sich in die Kaffeeküche und ließen Hávarður weiter vor dem Fernseher ausruhen.

»Ich hatte ganz vergessen, dass deine Mutter im Symphonieorchester gespielt hat«, sagte sie. »Möchtest du einen Kaffee?«

»Ja, gern, warum nicht.«

»Dabei hattest du es mir damals erzählt, als wir Klavier gelernt haben.«

»Als *ich* Klavier gelernt habe«, entgegnete er in neckischem Ton. »Was so lala lief ...«

»... und ziemlich abrupt geendet hat.« Sie lachte.

Es war gut zu wissen, dass sie über das Ende ihrer Beziehung lachen konnte – wenn sich ihr kurzes Techtelmechtel überhaupt als Beziehung bezeichnen ließ. Das war nicht immer so gewesen, lange Zeit hatte sie ihn keines Blickes gewürdigt, wenn sie sich auf der Straße begegnet waren.

»Spielst du denn noch?«, fragte sie schließlich.

»Tja, ein bisschen, hin und wieder. Ich habe keinen

Lehrer, aber ich versuche, mir die Noten zu erarbeiten und einfache Stücke zu spielen, das klappt einigermaßen.«
»Du warst nicht schlecht, hast ein Ohr für Töne.« Sie lächelte.
»Das habe ich von meiner Mutter«, sagte er leise. Normalerweise redete er nicht über seine Mutter.
»Welches war noch mal ihr Instrument? Geige?«
»Ja, genau. Du hast wirklich ein scharfes Gedächtnis.«
»So langsam erinnere ich mich wieder.« Sie lächelte ihn an. »War sie gut?«
»Sie war großartig.«
»Hat sie dir oft vorgespielt?«
Ari nickte.
»Manchmal hat sie zu Hause für meinen Vater und mich gespielt, daran kann ich mich noch besonders gut erinnern. Und sie hat natürlich immer geübt, aber das war etwas anderes, als wenn sie gespielt hat. Manchmal sind wir auch zu Konzerten gegangen, leider nicht oft, nicht oft genug. Vielleicht hätte sie mich später häufiger mitgenommen, wenn ich ein bisschen älter gewesen wäre …«

Ehe Ugla etwas sagen konnte, ertönten Rufe aus dem Fernsehzimmer.

Sie stand auf.

»Er ruft nach mir, er vergisst nur immer meinen Namen. Entschuldige, Ari. Vielleicht können wir uns später weiter unterhalten?«

»Ja, natürlich, kein Problem.«

Sie umarmte ihn und gab ihm einen Kuss auf die Wange.

»Leider muss ich das ganze Osterwochenende arbeiten. Gut bezahlt, versteht sich, aber trotzdem ...« Sie zögerte. »Morgen Nachmittag und den Abend über habe ich frei, wenn das ...«

Jetzt zögerte Ari. Er sah Kristín vor sich. Ihre Liebe hätte für immer halten sollen. Leider hatte sich dieser Wunsch nicht erfüllt. Nichts hielt ewig, das wusste er nur zu gut. Vielleicht war es an der Zeit für den nächsten Schritt, denn das Leben würde nicht auf ihn warten.

»Morgen Abend?« Er tat so, als müsste er nachdenken. »Doch, ich denke, da habe ich Zeit.«

Sie lächelte.

»Super, dann komm vorbei. Acht Uhr. Und übe vorher noch ein bisschen Klavier.«

32

Inzwischen war Ari sicher, dass die Botschaft des alten Mannes nichts mit dem Tod des Mädchens zu tun hatte. Wobei das Gespräch mit Hávarður schon merkwürdig gewesen war und er durchaus überzeugend klang, als er behauptet hatte, er habe beobachtet, wie jemand getötet wurde. Immer wieder geisterte das Gespräch mit Hávarður durch seinen Kopf, er sah den Blick des alten Mannes vor sich und auch die Botschaft an der Wand. Und Finnbogi … Wer bitte war dieser Finnbogi?

Möglicherweise hatte Ari hier einen Hinweis auf ein Verbrechen bekommen, das aus irgendeinem Grund in der Versenkung verschwunden war und nach dem vermutlich nie wieder jemand fragen würde. Fürs Erste blieb Ari kaum etwas anderes übrig, als einen Punkt hinter das Ganze zu setzen.

Auf dem Heimweg vom Pflegeheim machte Ari einen kleinen Umweg, denn er wollte noch kurz bei Hersir und seiner Frau Rósa anklopfen und dem Arzt von seinem Besuch bei Hávarður berichten. Dann konnte er dieses Kapitel endlich abschließen.

»Ari, schön, Sie wiederzusehen.« Rósa hatte die Tür geöffnet. Sie wirkte frisch und munter, hielt eine Espressotasse in der Hand und war in Kaffeeduft gehüllt. Im Hintergrund lief ein Radio, ein alter isländischer Schlager.
»Hersir ist nicht zu Hause«, fügte sie hinzu, noch ehe Ari sie danach fragen konnte.
»Ja, okay, ich wollte nur …«
»Kommen Sie rein und trinken Sie einen Kaffee mit mir. Hersir ist bei der Arbeit …«
»Ich war vorhin dort, aber ich habe ihn nicht gesehen.«
»Bitte? Ja, nein, er ist im Krankenhaus, nicht in unserem Pflegeheim. Er übernimmt ab und zu einen Bereitschaftsdienst, um unsere Einkünfte etwas aufzubessern. Er müsste bald wieder da sein. Soll ich ihn anrufen?«
Ari nickte. »Verstehe. Es eilt nicht. Wir können gern einen Kaffee trinken, vielleicht kommt er in der Zwischenzeit ja zurück.«
»Espresso?«
Er nickte.
»Wie gefällt Ihnen denn unser Pflegeheim?«, fragte sie, als sie sich gesetzt hatten.
»Sieht schick aus. Die alte Mittelschule hat ja ziemlich lange leer gestanden.«
»Ja, das stimmt. Das ist schon lange Hersirs Traum gewesen. Wenn wir es clever angehen, kann das ein richtig lukratives Projekt werden. Auch wenn es katastrophal gestartet ist. Aber langsam füllen sich die Betten, und wir schließen endlich Verträge mit Stadt und Land. Das

Schlimmste haben wir hinter uns, denke ich. Jetzt können wir Leute einstellen, etwas zum Aufschwung hier im Ort beisteuern.« Sie trank einen Schluck. »Ich bin so froh, dass auch ich dazu beitragen konnte – wenigstens indirekt –, dass dieser Traum wahr geworden ist, oder, na ja, dass wir nicht bankrottgegangen sind.«

»War es denn so knapp?«, fragte Ari.

Rósa schwieg einen Moment. »Ehrlich gesagt waren die Tage gezählt. Es ist wirklich ein Kraftakt, ein solches Heim hochzuziehen, und dann noch in einem so kleinen Ort.«

»Aber es hat ja geklappt.«

Sie lächelte. »So ist es.«

»Was arbeiten Sie eigentlich?«

»Ich habe eine kleine Kunstgalerie im Ort, das ist zumindest im Moment meine Arbeit. Ich bin Kunsthistorikerin und war immer in diesem Bereich tätig. Ich stamme von hier, wie Sie vielleicht wissen. Die gesamte Familie meiner Mutter hat hier gelebt, aber ich wohne zum ersten Mal in Siglufjörður. Mein Mann konnte den Ort schon immer gut leiden, ich war über die Jahre regelmäßig im Norden. Er liebt das Draußensein und das Skifahren, und ich wusste, dass Siglufjörður ein guter Ort für Kunstfreunde ist, hier gibt es so viel Kultur. Außerdem schreibe ich, über Kunst, versteht sich. Lehrbücher zum Thema Kunstgeschichte für Schulen. An solchen Projekten lässt sich in dieser Ruhe wunderbar arbeiten.«

»Guðjón Helgason, kennen Sie den vielleicht?«

»Und ob. Wenn Sie mich fragen, ist er einer der interessantesten Künstler, die es hierher verschlagen hat. Besitzen Sie ein Werk von ihm?«

Ari schüttelte den Kopf und musste bei dem Gedanken schmunzeln.

»Ich sammle keine Kunst, sondern bin ihm nur neulich begegnet. Er ist mitten in der Nacht durch den Ort spaziert.«

Rósa lachte. »Das sieht ihm ähnlich. Er ist kein …«

… *gewöhnlicher Typ*, lag es Ari auf der Zunge.

»Er ist ein bisschen anders gestrickt als seine Mitmenschen«, sagte sie.

»Aber ein harmloser Zeitgenosse?« Ari hatte da seine Zweifel.

»Das würde ich sagen. Hat er etwas verbrochen?«

»Bitte? Nein, nein. Ich denke nicht«, antwortete er und ließ die Sache damit auf sich beruhen.

Rósa stellte ihre Tasse ab, warf einen kurzen Blick hinein und sah dann Ari an.

»Entschuldigen Sie, dass es jetzt doch so lange dauert. Bei Hersir weiß man nie, er ist nicht der Pünktlichste. Was wollten Sie denn eigentlich von ihm? Vielleicht kann ich Ihnen ja weiterhelfen?«

»Nein, ich glaube kaum. Es ist auch gar nicht so dringend. Hat mit einem Heimbewohner zu tun.«

»Ach ja?«

Ari zögerte kurz und entschied dann, es ihr zu erzählen.

»Es geht noch mal um Hávarður. Kennen Sie ihn?«

»Ja, recht gut sogar, ich bin oft bei ihm gewesen. Manchmal hat er bessere Tage, der Alte.«

»Ja, und manchmal schlechtere, habe ich gehört.« Sie nickte.

»Wissen Sie Genaueres über ihn, über sein Leben?«

»Tja, nein, nicht wirklich. Meine Eltern hätten jetzt bestimmt viel erzählen können. Er ist einer von hier, hat einen Sohn im Ort, und ich glaube, er hat die meiste Zeit in der Bibliothek gearbeitet. Meine Tante hätte vielleicht auch ein paar Dinge über ihn gewusst, aber die war schon lange vor ihrem Tod nicht mehr ganz in dieser Welt, daher haben sich die beiden dort nicht mehr wirklich kennengelernt. Diese Generation verschwindet langsam, tja, und wir kümmern uns nicht genug um die Vergangenheit.«

»Nein, aber so geht es ja vielen.«

»Im Alltag hat man einfach ständig was um die Ohren.« Sie lächelte.

»Ein schönes Haus haben Sie«, sagte Ari.

»Danke. Wir haben auch in Reykjavík noch ein Haus, es ist gut, das in der Hinterhand zu haben, falls das hier nicht hinhaut. Aber inzwischen bin ich optimistisch. Manchmal läuft es einfach rund, als hätte man den Allmächtigen auf seiner Seite.«

Es war lange her, dass Ari den Glauben an einen Allmächtigen aufgegeben hatte, nachdem er so jung seine Eltern verloren hatte, und auch das Theologiestudium hatte ihn den höheren Mächten nicht nähergebracht. Er hatte den Eindruck, dass die Kirche hier wichtiger war als in Reykjavík, die kleine Gemeinde und der Pfarrer als Seelsorger für alle. Dazu kam, dass die Fischerei schon immer eine große Rolle in Siglufjörður gespielt hatte, und wenn Verwandte und Freunde in See stachen, wünschten sich wohl die meisten Gott auf ihrer Seite.

Ari hatte seinen Kaffee ausgetrunken.

»Viel länger kann ich eigentlich nicht mehr warten, aber …«

»Soll ich ihn anrufen? Wegen der Patienten im Heim ist er immer erreichbar. Wobei die Bewohner natürlich auch ohne ihn gut aufgehoben sind, wir haben tolles Personal. Vor allem Ugla. Kennen Sie sie?«

»Ja«, sagte Ari und bemühte sich, keine Miene zu verziehen. »Die kenne ich.«

Er stand auf.

»Soll ich Hersir etwas ausrichten, wenn er zurückkommt?«

»Tja … Ich wollte ihm nur mitteilen, dass ich mit Hávarður gesprochen habe und … Ja, ich wollte ihn nach Finnbogi fragen.«

»Finnbogi? Wer ist das?«

»Das wüsste ich auch gerne …«

»Was war denn mit Hávarður? Hat er etwas angestellt, der Gute?«, fragte sie.

Ari lachte kurz auf. »Nein, nein. Er hat nur in seinem Zimmer ein paar Worte an die Wand gekritzelt, und Ugla hat mich informiert, weil kurz vorher in den Medien vom Tod des jungen Mädchens berichtet wurde.«

Rósa machte große Augen und wirkte ernsthaft neugierig: »Was hat er denn geschrieben? Etwas …?« Sie beendete ihren Satz nicht.

Ari zuckte mit den Schultern. »Nur etwas ins Blaue hinein, das kann nichts mit dem Todesfall zu tun haben, aber man sichert sich besser ab und prüft sämtliche Hinweise, wissen Sie.«

Sie blieb wie angewachsen sitzen und starrte Ari an, wollte ihn offenbar nicht gehen lassen, ehe er ihr alles erzählt hatte. Und eigentlich war die Sache ja auch kein Geheimnis. »Er hat geschrieben: *Sie wurde getötet.*«

»Sie wurde …«, wiederholte Rósa, verstummte mitten im Satz und wurde leichenblass. »Entschuldigen Sie, was haben Sie gesagt?«

»Sie wurde getötet. Das hat er an die Wand geschrieben, der alte Mann, mehrere Male. Ein gruseliger Anblick für die arme Ugla, daher verstehe ich gut, dass sie mich angerufen hat. Da kam einem natürlich schon in den Sinn, dass er damit das Mädchen meinte, Unnur, dass sie umgebracht wurde, aber das kann nicht sein. Gott weiß, wen Hávarður gemeint hat, vielleicht hat er etwas im Fernsehen gesehen, oder es ist eine alte Geschichte von früher.«

Doch Rósa schien ihm längst nicht mehr zuzuhören. Mit einem lauten Knall stellte sie ihre Tasse ab.

Ari erschrak.

»Entschuldigen Sie, ich bin etwas müde«, sagte sie mit bebender Stimme. Diese Entschuldigung kaufte Ari ihr nicht ab.

Rósa stand auf. »Hersir kommt wohl erst später. Es tut mir leid. Ich werde ihn bitten, dass er Sie anruft.« Auf einmal konnte sie Ari nicht schnell genug loswerden.

Ari zögerte. Irgendetwas war hier im Busch, das er noch nicht greifen konnte.

Sie wurde getötet. Diese Worte hatten etwas in ihr ausgelöst.

Verstand Rósa etwa, was hinter Hávarðurs mysteriöser Botschaft steckte? War das möglich …? Wo sie doch gar nicht so viel über ihn wusste. Oder hatte das alles womöglich mit Unnur zu tun? Vielleicht sogar …?

»Sie kennen Hávarður also recht gut?«, fragte er.

Sie geriet ins Schlingern.

»Na ja, nicht wirklich. Eigentlich überhaupt nicht.«

Ari wartete ab und beobachtete sie. Ihr Blick war flüchtig, und immer noch zitterte ihre Stimme.

»Und seine Botschaft: *Sie wurde getötet.* Haben Sie eine Ahnung, was er damit gemeint haben könnte?«

»Ich? Woher sollte ich das wissen?«, entgegnete sie scharf. »Entschuldigen Sie, so wollte ich das nicht sagen, aber, na ja, ich habe keine Ahnung. Vermutlich einfach eine senile Äußerung, oder?«

»Ich denke auch.«

Sie versuchte ein Lächeln und ging in Richtung Tür. Ari folgte ihr.

»Sie sagen Hersir gleich, dass ich hier war, in Ordnung?«, versicherte er sich noch einmal.

»Natürlich, das mache ich.«

Ari verabschiedete sich und trat auf den Weg, der durch den Vorgarten zur Straße führte.

33

Ari lag auf dem Sofa und schlief tief und fest, als das Telefon klingelte.

Es ging schon auf dreiundzwanzig Uhr zu. Der Anruf kam von einer unbekannten Nummer, und das zu dieser späten Stunde am Ostersonntag.

Draußen toste der Schneesturm, und mit einem Mal windete es so heftig, dass die Grundpfosten des alten Hauses knarrten. Es war vernünftig von Kristín gewesen, rechtzeitig das Weite zu suchen.

»Hallo. Ari Þór«, ging er zögerlich ran.

»Hier ist Svavar«, sagte eine scharfe Stimme.

Ari brauchte einen Moment, bis er richtig wach war und diesen Svavar zuordnen konnte.

Unnurs Vater war schon beim Frühstück im Hotel unfreundlich gewesen. Das wirkte jetzt nicht anders.

»Ari, es läuft ja überhaupt nicht bei Ihnen, Sie kriegen wirklich nichts auf die Reihe«, schimpfte er los, und diesmal hörte Ari einen leichten amerikanischen Akzent bei ihm heraus, der ihm bei ihrem Treffen gar nicht aufgefallen war.

»Entschuldigen Sie, Svavar, aber das ist völlig unangemessen. Es ist Ostersonntag, und Sie haben kein Recht, mich anzurufen und mir so unverschämte Dinge vorzuwerfen ...«

Svavar fiel ihm ins Wort: »Meine Tochter wurde ermordet, selbstverständlich habe ich das Recht, Sie zu stören, wann immer es mir passt, das verfickte Recht, hören Sie?! Sie kriegen es einfach nicht hin! Wann wollen Sie den Mann verhaften?«

»Hä, welchen Mann?«

»Na, diesen Bjarki!«

»Bjarki? Warum, bitte, sollte ich den verhaften?«

»Er hat sie unterrichtet.«

»Wen unterrichtet?«

»Meine Tochter natürlich!«, brüllte Svavar ins Telefon.

Ari ignorierte das unverschämte Verhalten des Mannes und konzentrierte sich auf den Inhalt, der ihn in der Tat überraschte. »Er hat Unnur unterrichtet?«

Das hatte Bjarki mit keinem Wort erwähnt, und auch nicht, dass er Unnur kannte.

»Er hat Geschichte unterrichtet, hat man mir gesagt. Wie ich raushöre, wissen Sie nichts davon. Ich für meinen Teil habe versucht, so viel wie möglich über die Leute in dem Haus herauszufinden, in dem sie getötet wurde. Das hätten Sie ebenfalls tun müssen. Wirklich ein Witz, Ihre Ermittlungen. Nicht zu fassen. Wollen Sie den Mann verhaften, oder soll ich mir den Kerl vorknöpfen?«

»Jetzt beruhigen Sie sich mal, Svavar. Ich werde mit ihm sprechen und diese Dinge klären. Aber fest steht, dass Bjarki in Reykjavík war, als Ihre Tochter gestorben ist. Also tun Sie nichts, was Sie hinterher bereuen.«

»Nein, nein, schon gut. Ich will einfach nur, dass Sie ihn verhaften, ihn zur Rede stellen«, antwortete Svavar, der jetzt etwas gefasster klang.

»Keine Sorge, das werde ich tun. Danke für den Hinweis. Ich melde mich morgen bei Ihnen, Svavar.«

»Okay, gut, okay.«

Ari sank zurück aufs Sofa und schloss die Augen. Er wollte im Wohnzimmer schlafen, bei eingeschaltetem Licht und zum Sound des Unwetters. Oben im Schlafzimmer, in der Dunkelheit, bestand die Gefahr, dass die Einsamkeit ihn übermannte.

Die Sache mit Bjarki konnte bis morgen warten.

OSTERMONTAG

34

Bjarki.
Bjarki und dem Tod des Mädchens galten Aris erste Gedanken, als er früh am Morgen erwachte. Die Kälte kroch ihm den Rücken hinauf, und der Sturm draußen hatte über Nacht nicht nachgelassen.
Jený hatte vor Bjarkis Haus gestanden.
Vielleicht hatte sie ihn hineingehen oder herauskommen sehen. Wenn Bjarki Unnur unterrichtet hatte, war er bestimmt auch Jenýs Lehrer gewesen. Sie mussten sich also kennen.

Es konnte natürlich sein, dass sie Jóhann und Jónína gesehen hatte oder jemand ganz anderen, doch diese Verbindung zu Bjarki war schon merkwürdig. Dabei war ihm der Mann richtig sympathisch gewesen, und er hatte ein – auf den ersten Blick – wasserdichtes Alibi.

Kurz entschlossen rief er Ögmundur an und trug ihm auf, Bjarkis Alibi zu überprüfen, jetzt sofort, obwohl es gerade mal kurz nach acht am Ostermontag war. Bisher hatte Ari schlicht darauf vertraut, dass Bjarkis Version stimmte, und es war auch nicht üblich, von allen Kontaktpersonen Alibis einzufordern, wenn davon auszugehen war, dass jemand Selbstmord begangen hatte.

Ögmundur brauchte eine Stunde für diese Aufgabe. Nach einigen – zu dieser Tageszeit ziemlich unangenehmen – Telefonaten nach Reykjavík konnte er versichern, dass Bjarki die Wahrheit gesagt hatte.

»Er stand an jenem Abend auf dem Podium und hat bis in die Nacht gefeiert und getrunken, daher kann er es definitiv nicht rechtzeitig nach Siglufjörður geschafft haben«, sagte Ögmundur. »Mal ganz abgesehen davon, dass du genauso gut wie ich weißt, dass dieses Mädchen nicht getötet wurde.«

Dann fügte er hinzu: »Hast du die Wettervorhersage gesehen? Da rollt was auf uns zu. Sehr wahrscheinlich fällt bald der Strom aus, so heftig schneit es. So ein Wetter habe ich noch nicht erlebt. Wirklich nicht.«

Stadtkind, dachte Ari im Stillen.

Wenig später kämpfte Ari sich durchs Schneegestöber, warm eingepackt in Daunenjacke und Mütze. Das Wetter spielte geradezu mit ihm, aber noch kam er gut dagegen an, hatte wie immer Freude am Ringen mit den Naturgewalten. Über Nacht hatte sich einiger Schnee angesammelt, die Sicht war schlecht und der Autoverkehr im Ort über weite Strecken lahmgelegt.

Er lief zum Haus von Jenný und ihren Eltern hinauf. Ihre Mutter kam an die Tür und war sichtlich erstaunt. Unter diesen Umständen rechnete niemand mit Besuch.

Er stellte sich vor. »Entschuldigen Sie die Störung«, rief er gegen das Sturmgetöse an. »Ich muss nur kurz mit Ihrer Tochter sprechen. Es ist wegen Unnur.«

»Gut, kommen Sie schnell rein, das ist ja ein Wetter«, sagte sie. Als Ari drinnen war und sie die Tür geschlossen hatte, fügte sie hinzu: »Natürlich können Sie mit ihr reden. Aber diese Sache setzt ihr ganz schön zu. Verständlicherweise. In einem so kleinen Ort ist ein Selbstmord besonders schockierend.«

»Ich kann auch später wiederkommen, wenn das besser passt«, sagte er, obwohl er am liebsten sofort mit Jený sprechen wollte.

»Nein, sie ist in ihrem Zimmer. Ich rufe sie. Darf ich denn dabei sein? Ihr Vater ist nicht zu Hause, der musste zu einem Einsatz. Er arbeitet beim Rettungsdienst. Ein Fahrzeug ist an der Ortsgrenze liegen geblieben.«

»Lassen wir sie entscheiden«, schlug er vor.

Jený erschien in der Diele, noch ehe die Mutter nach ihr rufen konnte. Zumindest einen Teil des Gesprächs musste sie mitgehört haben, denn sie sagte sofort: »Ich möchte allein mit ihm sprechen. Keine Sorge, Mama.« Dann sah sie Ari an. »Können wir auf die Wache gehen?«

»Bei diesem Wetter gehst du mir nirgendwohin, Kind«, protestierte ihre Mutter.

Doch Jený reagierte nicht, sondern zog sich Jacke und Schuhe an, schob Ari geradezu aus der Tür und machte sich auf den Weg die Straße hinunter. Ari folgte ihr. Bald wurde sie langsamer, und sie liefen eine Weile nebeneinanderher, ehe Ari das Schweigen beendete: »Jený, ich glaube, ich weiß, wen du gesehen hast.« Sie hatten an einer Hauswand Schutz gesucht. Der Wind wehte aus allen Richtungen.

»War es Bjarki?«, fragte er, und es klang mehr wie eine Feststellung. Das war der heißeste Tipp, den er hatte, und sein Gefühl sagte ihm, dass er richtiglag.

»Ich …« Ihr Gesicht verfinsterte sich. »Ja, ich habe ihn gesehen. Woher …?«

»Es spielt keine Rolle, woher ich das weiß. Jetzt muss ich die Wahrheit erfahren.«

»Ich weiß nicht, was ich sagen soll, was ich sagen will … Ich will da nicht reingezogen werden, verstehen Sie? Will nicht, dass meine Eltern das erfahren … überhaupt niemand!«, sagte sie entschieden. Der Schnee peitschte unablässig auf sie ein.

»Ich werde mein Bestes tun, Jený. Ich verspreche es. Aber falls Bjarki Unnur etwas angetan haben sollte, müssen wir schon darauf reagieren. Das verstehst du.«

»Es muss nicht mit mir in Verbindung gebracht werden, oder?«

»Nein, das stimmt.«

»Glauben Sie, er hat etwas getan? Sie wissen schon, sie vom Dach gestoßen?«, fragte sie.

»Was glaubst du?«

Sie dachte nach.

»Nein, das kann nicht sein. Oder? Das würde doch niemand …«

»Menschen tun die unglaublichsten Dinge, Jenný. Aber hoffen wir mal, dass du recht hast. Was ist denn zwischen dir und Bjarki gewesen?«

Jetzt schwieg sie eine ganze Weile und starrte ins Schneetreiben. Ari wartete geduldig, obwohl ihm mit jeder Sekunde kälter wurde.

»Können wir uns reinsetzen und dort reden?«, stieß sie schließlich mit zitternder Stimme hervor.

Ari nickte. »Sicher, dann schnell auf die Wache.«

Er eilte los, und sie folgte ihm. Sie sprachen kein Wort auf dem Weg, liefen zügig und mussten immer wieder über Schneewehen steigen. Ari wollte ins Warme und Trockene und die Wahrheit hören, und er vermutete, dass es ihr ähnlich ging. Sie hatte beschlossen, ihm alles zu sagen, und sobald diese Entscheidung einmal gefällt war, wollten die meisten es schnell hinter sich bringen.

Die Polizeiwache war verschlossen. Eigentlich hätte Ögmundur dort sein sollen. Das war mal wieder eine ziemlich freie Interpretation von »im Dienst sein«. Wahrscheinlich fühlte er sich bei dem Unwetter zu Hause wohler. Dennoch würde er ihn später darauf ansprechen.

Jenný folgte ihm hinein. Er schloss hinter ihr die Tür und warf bei dieser Gelegenheit einen kurzen Blick auf das Mädchen. Sie fühlte sich sichtlich unwohl.

»Lass uns nach hinten gehen«, schlug er vor. »In die Kaffeeküche. Möchtest du Kaffee? Etwas Warmes gegen die Kälte?« Er bemühte sich um einen lockeren Ton, wollte eine möglichst entspannte Stimmung schaffen.

»Gern«, sagte sie, nachdem sie sich gesetzt hatte.

Ari hängte seine Jacke an einen Haken. Der schwarze Stoff war ganz weiß vom Schnee. Jenný behielt ihre Jacke an und schwieg, den Blick auf den Tisch gerichtet.

Ari ließ die Stille zu, während er Kaffee kochte. Er hatte kürzlich eine Espressomaschine erstanden, die inzwischen mehr genutzt wurde als die Kaffeemaschine, doch er brachte es nicht über sich, das alte Schätzchen zu entsorgen.

»Man sieht es ihm nicht an …«, sagte Jenný nach einigen Schlucken aus der kleinen Tasse. »Man sieht es ihm nicht an, wissen Sie, aber er ist echt ein gruseliger Typ.«

»Wie das?«

»Ich weiß, dass ich nicht das erste Mädchen bin, an das er sich rangemacht hat …«, sagte sie, und ihre Worte brachten Ari aus der Fassung, obwohl er mit genau so etwas hätte rechnen müssen. Mit einem Mal sah er diesen umgänglichen Mann in einem völlig neuen Licht. Sein entspanntes Auftreten, das freundliche Lächeln … War der Historiker ein Wolf im Schafspelz?

»Wann hat es angefangen?«

»Im Herbst hat er uns einen oder zwei Monate lang unterrichtet, als Vertretungslehrer. Es fing eigentlich sofort an, als er an die Schule kam. Er hat sehr darauf geachtet, dass er nicht zu weit geht, er schien da seine Erfahrungen zu haben. Im Unterricht hat er nicht weiter mit mir gesprochen, aber außerhalb des Klassenzimmers hat er seine Position ausgenutzt. Wir sollten einen Aufsatz schreiben, und ich fand seinen Unterricht interessant. Da hat er mir angeboten, dass wir uns nach der Schule zusammensetzen. Beim ersten Mal ist nichts passiert, aber als wir uns das zweite Mal getroffen haben, ungefähr eine Woche später, da war er schon aufdringlicher. Der wusste genau, was er tat.«

»Und ist er noch weiter gegangen?«, fragte Ari.

Sie antwortete nicht sofort. Dann sagte sie leise: »Ich weiß nicht, wieso, verstehen Sie? Ich mochte ihn, und es war mir unangenehm, Nein zu sagen, und …«

Ari fiel ihr ins Wort: »Du musst dich für nichts rechtfertigen und nichts erklären, Jený. Und du musst mir auch nicht mehr erzählen, als du möchtest. Ich überlege nur, ob Unnur vielleicht in eine ähnliche Situation geraten ist und wie weit er wohl bei ihr gegangen ist …«

Plötzlich stand Jený auf, aber sie schien nicht loszuwollen, sondern eher durchatmen zu müssen, den Kopf freikriegen.

»Wir haben Zeit«, sagte Ari ruhig.

»Es lief einen Monat, ungefähr«, sagte sie schließlich mit dünner Stimme. »Ich habe es niemandem erzählt, habe mich geschämt, es bereut. Irgendwann habe ich ihm nicht mehr geantwortet, und danach hat er mich in Ruhe gelassen. Wir sind uns natürlich in der Schule begegnet, das war unangenehm, sehr unangenehm, aber da musste ich halt durch. Er war mir gegenüber eiskalt, das schien vollkommen an ihm abzuprallen. Ich weiß nicht … ich weiß auch nicht, warum ich niemandem davon erzählt habe, aber … vielleicht wäre Unnur jetzt noch am Leben …«

»Jenný«, sagte Ari und wählte seine Worte mit Bedacht: »Soweit wir wissen, war Bjarki in Reykjavík, als Unnur gestorben ist. Ist dir anderes bekannt? Glaubst du, er hat sie verletzt?«

Sie lächelte, aber ihr Lächeln war so traurig, dass Ari erschrak.

»Verletzt? Wie meinen Sie das?« Jetzt lag ein scharfer Unterton in ihrer Stimme. »Ich weiß nicht, ob er sie getötet hat, ob er sie von der Dachterrasse gestoßen hat, das müssen Sie herausfinden. Aber wenn sie nach mir dran war, hat er sie natürlich verletzt. Ich hätte mich über ihn beschweren müssen – stattdessen habe ich nur versucht, es zu vergessen. Ich dachte, er würde von hier verschwinden, und ich selbst bin ja auch auf dem Sprung, das hoffe ich zumindest. Im Herbst will er nach Kanada, im September, diese verdammte Reise auf den Spuren irgendwelcher Isländer, und ich habe einfach gehofft, dass er nicht mehr zurückkommt.«

»Du meinst also …?«

»Ich meine, was ich sage«, entgegnete sie unwirsch. »So etwas tut man einfach nicht. Er hat seine Position missbraucht, das hätte ihm klar sein müssen. Außerdem war er …« Sie dachte nach. »… ja, bedrohlich, ich fand ihn bedrohlich, als ich ihm gesagt habe, dass das nicht mehr geht. Danach hat er mich zwar in Ruhe gelassen, aber vielleicht … vielleicht hat er sich gleich die Nächste vorgenommen.«

»Und warum glaubst du, dass es Unnur war?«

»Sie ist dort gestorben, verstehen Sie? Vor seinem Haus. Nach einem Sturz von seiner Dachterrasse.«

Ari nickte.

Jenný sprach weiter: »Wieso hat sie ausgerechnet dieses Haus gewählt? Und …«

Ari wartete, sagte nichts.

»Und außerdem war sie, ja, nicht besonders beliebt, schüchtern und verletzlich, genau der Typ, auf den es solche Kerle abgesehen haben. Sie hatte auch keine Freunde, denen sie davon erzählen konnte oder … Verstehen Sie?«

»Ja«, antwortete er.

»Erinnern Sie sich noch, vor ein paar Tagen habe ich Ihnen gesagt, dass Unnur zu unschuldig war. Jetzt wissen Sie, was ich damit meinte. Eigentlich wollte ich Ihnen da schon alles erzählen, aber ich habe es nicht geschafft …«

Ari nickte.

»Hat er dich mit in seine Wohnung genommen?«

»Ja. Zweimal. Immer abends. Es gibt eine Hintertür zu dem Haus, er meinte, er nutzt den Haupteingang nicht, weil seine Nachbarn so …« Sie zog die Brauen zusammen. »Wie hat er es formuliert? Ach ja, er meinte, die alten Leute sind zu neugierig.«

Jenný stand noch immer. Der Schnee, der von ihrer Jacke gerutscht war, bildete eine Pfütze auf dem Boden. Ari sah keinen Grund, das Gespräch auszudehnen.

Als Nächstes musste er sich Bjarki vorknöpfen.

»Vielen Dank, Jenný«, sagte Ari. »Ich denke, das reicht fürs Erste.«

»Aber ich ... ich werde nicht in die Sache hineingezogen, oder?«, vergewisserte sie sich zaghaft, den Blick gesenkt.

»Ich denke nicht«, sagte er. »Mit Bjarki muss ich allerdings schon darüber sprechen, wie du sicher nachvollziehen kannst. Wegen Unnur. Er unterrichtet euch jetzt nicht mehr, oder?«

»Nein«, sagte sie leise. Dann fügte sie hinzu: »Ich wollte nicht ... Ich hätte früher etwas sagen sollen. Hoffentlich ist Unnur nicht an ihn geraten, hoffentlich ...«

»Das befürchtest du, stimmt's?«

Sie nickte.

»Ich kümmere mich darum. Keine Sorge. Und ich melde mich bei dir, falls noch etwas sein sollte.« Er begleitete sie nach vorne und öffnete ihr die Tür.

Auf halbem Weg drehte Jenný sich noch einmal zu ihm um.

»Ach ja, da ist noch etwas ...« Sie sah Ari an. »Er hat mir ein Telefon gegeben.«

»Ein Telefon? Was meinst du damit?«

»Ein Handy. Er hat mir ein Handy gegeben, ein altes, nicht besonders teures natürlich.«

»Wozu?«

»Damit wir uns schreiben konnten, ohne dass es jemand mitkriegt, hat er gesagt. Ich habe es einfach akzeptiert, ich weiß auch nicht, warum. Der hat das von vorne bis hinten durchgeplant, aber das ist mir erst später klar geworden.«

»Hast du das Handy noch?«

Sie schüttelte den Kopf. »Ich sollte es ihm zurückgeben. Das habe ich auch getan. Ich wollte seine SMS nicht behalten. Das war vielleicht ein Fehler.«

»Nein, nein, schon gut«, sagte Ari, obwohl er das Handy zu gern gesehen hätte, endlich mal ein greifbares Beweismittel. Jetzt musste er allein mit der Aussage des Mädchens bewaffnet vor Bjarki treten und hoffen, dass das ausreiche, um die Wahrheit ans Licht zu bringen.

35

»Salvör, wissen Sie, ob Unnur ein Zusatzhandy hatte?«
Ari stand auf dem Gehweg vor Salvörs Haus im Schnee, immer noch toste der Sturm.
»Ein Zusatzhandy? Was soll das sein?«, fragte Salvör zögerlich.
»Ein zweites Handy.«
»Das ... das kommt mir unwahrscheinlich vor, sehr unwahrscheinlich. Das hätte sie mir gesagt. Sie war völlig zufrieden mit ihrem Handy. Das hat ihr Vater in den USA gekauft. Warum fragen Sie?«
»Wenn es so wäre, wo hätte sie es aufbewahrt?«
Ari musste an den Einbruch denken.

Er versuchte, sich die Chronologie der Ereignisse zu vergegenwärtigen, und das Ergebnis war eindeutig: Zum Zeitpunkt des Einbruchs bei Salvör war Bjarki wieder in Siglufjörður gewesen. Und nicht nur das: Bjarki hatte selbst gesagt, dass er vorzeitig zurückgekehrt war. *Hatte er es womöglich genau aus diesem Grund so eilig gehabt, weil er versuchen wollte, Beweismittel verschwinden zu lassen?*

»Kommen Sie rein, ich kann nachsehen«, sagte sie, ohne weitere Fragen zu stellen.

Ari setzte sich an den Küchentisch und wartete. Die Stille im Haus erschien ihm fast gespenstisch angesichts des Sturms, der draußen wütete. Hier drinnen wirkte alles friedlich und geordnet, aber die Trauer lag noch in der Luft.

Er ließ die Gedanken fließen. Der Besuch bei Rósa hatte Fragen in ihm geweckt, aber er hatte bisher keine Zeit gefunden, weiter darüber nachzudenken. Unnur hatte Vorrang. Er musste so viele Informationen wie möglich zusammentragen, ehe er Bjarki zur Rede stellte. Dennoch entschied er, die Zeit zu nutzen, während Salvör das Handy suchte. Er rief Ugla an.

»Ari?« Sie klang überrascht. »Wir treffen uns doch heute Abend, oder?«

»Klar, um acht bin ich da. Ich wollte dich nur mal kurz hören.«

»Ach so. Wie läuft's denn?«

»Viel zu tun.« Dann fügte er hinzu: »Zu viele Baustellen auf einmal.«

»Du musst eine kleine Pause machen, Ari, lass doch diesen, diesen …«

»Ögmundur?«

»Ögmundur, richtig. Lass ihn das machen. Gönn deinem Kopf eine Pause.«

»Ja, du hast wohl recht. Trotzdem möchte ich dich noch eines fragen, wenn ich darf.«

»Natürlich, Ari, schieß los.«

»Ich habe gestern Abend Hersirs Frau getroffen.«

»Ja, Rósa. Die ist so nett, ich mag sie richtig gern.«

»Sie wirkt ganz sympathisch, aber als ich ihr die Sache mit Hávarður erzählt habe, hat sie ziemlich merkwürdig reagiert.«

»Merkwürdig? Wie denn?«

»Schwer zu beschreiben. Sie wirkte erschrocken, richtig erschrocken.«

»Warum?«

»Ich weiß nicht. Kannte sie Unnur?«

»Keine Ahnung.«

»Und Hávarður kannte sie wohl auch nicht gut, wie mir scheint.«

»Nein, ich glaube, sie sind nicht verwandt oder so«, bestätigte Ugla.

»Ich weiß auch nicht ...«

Ugla fiel ihm ins Wort: »Vielleicht ist sie nur nervös.«

»Nervös?«, hakte Ari erstaunt nach.

»Ja, wegen Hersir, wegen ihrer Finanzierung. Sie haben die alte Schule in renovierungsbedürftigem Zustand gekauft, sie komplett auf Vordermann gebracht und sind dabei fast bankrottgegangen. Vielleicht denkt sie an ihren Ruf, falls etwas so Unheimliches die Runde macht ... Du weißt schon, das, was Hávarður an die Wand geschrieben hat.« Sie schwieg.

Ari dachte nach, doch ehe er antworten konnte, redete Ugla weiter: »Ich habe niemandem davon erzählt – außer dir natürlich. Ich unterliege ja der Schweigepflicht. Da braucht sie keine Sorge zu haben.«

Er hatte seine Zweifel an Uglas Theorie, doch die behielt er für sich. Das konnte nicht der Grund sein. Rósas sonderbare Reaktion musste eine bedeutendere Ursache haben. Es steckte etwas Tieferes dahinter, und Ari wusste, dass er keine Ruhe finden würde, ehe er es herausfand.

Als Salvör in die Küche zurückkehrte, verabschiedete Ari sich von Ugla.

Sie sah nicht zufrieden aus. »Ich habe kein Handy gefunden, nichts, Ari. Das wird nur eine fixe Idee sein.«

»Gibt es nicht noch irgendeinen Ort, Salvör, irgendeinen versteckten Winkel, an dem Sie noch suchen könnten? Fällt Ihnen irgendetwas ein? Hatte sie vielleicht ein Versteck, als sie klein war …?«

Bei diesem Stichwort merkte sie auf.

»Ein Versteck, ja … wissen Sie …«

»Wo?«

»Unten im Keller. Das ist ein uraltes Haus, mit Keller. Sie war gern dort unten und hat als Kind alle möglichen Sachen dorthin geschleppt. In die kleine Nische hinter den alten Milchflaschen. Ich glaube sogar, sie dachte, ich wüsste nichts …«

»… von ihrem Versteck?«, beendete Ari ihren Satz.

»Genau.«

Sie ging voran, aus dem Haus, die Treppe runter zur Kellertür. Sie traten in die Dunkelheit, in ein niedriges, in diesem Wetter besonders ungemütliches Gemäuer.

»Ich mache Licht«, sagte sie, und kurz darauf sprang mitten im Raum eine Glühbirne an.

»Das Regal ist hier«, sagte sie und zeigte nach links. Ari folgte ihr. Und tatsächlich standen dort alte Milchflaschen in mehreren Reihen, Relikte aus vergangener Zeit. Sie schob einige Flaschen zur Seite und tastete dahinter.

»Hier ist etwas«, sagte sie und holte ein kleines Handy hervor. Sie schien ihren eigenen Augen nicht zu trauen. Erstaunen, Enttäuschung, Angst, all das lag im matten Schein des Kellerlichts in ihrem Blick.

36

Es gab Momente in Aris kurzem Berufsleben, die er nie vergessen würde – und das nicht, weil sie so schön waren. Der Leichenfund in der Nacht zum Gründonnerstag war ein solches Ereignis, und auch die Nachrichten auf Unnurs verstecktem Handy fielen in diese Kategorie.

Ari sah sich den Inhalt des Mobiltelefons auf der Polizeiwache an.

Es gab keine Fotos, nur Textnachrichten, aber die erzählten eine Geschichte, die so schaurig war, dass Ari eine Gänsehaut bekam.

Es war die Geschichte eines jungen, talentierten Mädchens, das den furchtbaren Entschluss fasste, sich das Leben zu nehmen.

Und jetzt musste Ari zurück zu Salvör und versuchen, es ihr schonend beizubringen.

37

Auf den Straßen ging inzwischen nichts mehr, und der Wind nahm immer noch zu. Es kam Ari so vor, als wäre er die einzige Menschenseele hier draußen, was vermutlich auch stimmte, aber schwer zu erkennen war durch die weiße Schneedüsternis.

Nach wenigen Metern blieb er stehen, als er aus irgendeiner Tasche seiner dicken Jacke sein Handy klingeln hörte. Schnell kehrte er zur Wache zurück.

»Hier ist Þormóður Hávarðarson. Jemand hat heute früh von dieser Nummer angerufen.« Das hatte Ari schon wieder völlig vergessen. Er hatte versucht, Hávarðurs Sohn zu erreichen, um herauszufinden, wer dieser Finnbogi war, den Hávarður erwähnt hatte. Diese Nachforschungen waren angesichts der Entwicklungen im Fall Unnur ganz in den Hintergrund gerückt, doch jetzt musste er sich ein paar Minuten nehmen und mit Þormóður reden, obwohl er eigentlich so schnell wie möglich zu Salvör wollte.

»Hallo, Þormóður, hier ist Ari Þór von der Polizei. Ich wollte Sie kurz sprechen, danke, dass Sie zurückrufen.«

»Kein Ding. Ich nutze das Handy kaum, es liegt immer nur rum und gibt meist keinen Ton von sich ...«

»Nur ganz kurz: Finnbogi. Kennen Sie jemanden, der so heißt?«

»Finnbogi?« Þormóður schwieg einen Moment. »Nein, ich glaube nicht. Aber ...«

Er beendete seinen Satz nicht.

»Und Ihr Vater?«

»Ich weiß nicht ... Irgendwie kommt mir dieser Name bekannt vor. Keine Ahnung, woher ...«

Ari machte sich wieder auf den Weg. »Melden Sie sich bitte, falls Ihnen dazu etwas einfällt.«

»Klar, das mache ich.«

Ari verabschiedete sich und lief rüber zur Grundargata, so schnell, wie es das Wetter zuließ.

Salvör öffnete sofort die Tür. Sie guckte ängstlich, hoffte vielleicht trotz allem auf gute Nachrichten. Obwohl es wirklich nichts zu hoffen gab.

Sie bat ihn ins Wohnzimmer. Dort war es genauso düster wie immer, und bevor Ari einen ersten Satz sprechen konnte, fiel plötzlich für ein paar Sekunden der Strom aus. Ari hatte seine Jacke noch an und auch nicht vor, sie auszuziehen. Es fröstelte ihn.

»Ich habe das Handy überprüft, Salvör«, sagte er. »Haben Sie Ihre Tochter wirklich nie damit gesehen?«

Sie schüttelte den Kopf. »Nein, nie. Ich verstehe das nicht. Sie hatte doch ein tolles Handy, wozu brauchte sie noch eins?«

233

Ari warf einen kurzen Blick aus dem Fenster, verspürte einen Anflug des klaustrophobischen Gefühls, das ihm in seinem ersten Winter in Siglufjörður so zugesetzt hatte.

»Sie hat es verwendet, um sich mit einem Mann Nachrichten zu schreiben. Leider kann ich Ihnen das Handy nicht sofort geben, wir müssen es noch genauer untersuchen, aber die letzten Nachrichten zwischen den beiden waren ziemlich sonderbar ...« Er schwieg eine Weile, suchte nach den richtigen Worten und wartete darauf, dass Salvör etwas sagte. Doch sie saß nur regungslos da und sah ihn an.

»Salvör, es deutet alles darauf hin, dass sie eine Liebesbeziehung geführt haben, die ein böses Ende genommen hat.«

Immer noch sagte sie kein Wort.

»Sie hat Schluss gemacht, oder es zumindest versucht, aber er ... ja, er wollte sie nicht gehen lassen.«

»Was ...? Wer ...?«, stammelte Salvör. Ari entschied, seinen Bericht schnellstmöglich zu Ende zu bringen. Ihm blieb gar nichts anderes übrig, als ihr diese Informationen mitzuteilen.

»Er hat ihr Drohungen geschickt. Dass er Fotos von ihr veröffentlicht, wenn sie Schluss macht.«

»Fotos?«, fragte Salvör interessiert nach, doch dann schien ihr zu dämmern, um welche Art Fotos es sich handeln musste. »Wissen Sie, wer das war?«

»Seine Nummer ist nicht registriert, aber in einigen ihrer Nachrichten taucht sein Name auf. Er heißt Bjarki.«

»Bjarki?«

»Er war Vertretungslehrer an ihrer Schule. Er wohnt in dem Haus, wo sie ...«

»Bjarki? Der Historiker?« Ihre Stimme kippte ins Schrille.

Ari nickte.

»Waren sie ... Waren sie *zusammen*?«

»Es scheint so.«

»Und glauben Sie, er hat sie vom Dach ...?«, stieß sie schluchzend hervor.

»Das glaube ich nicht. Er war in Reykjavík, als es passiert ist.«

»Aber Sie werden ihn trotzdem verhaften, oder?«

»Ich werde mit ihm reden«, antwortete Ari mit ruhiger Stimme.

38

Auf dem Weg zu Bjarki schaute Ari kurz in der Bäckerei vorbei. Aus seiner Tasche drang schon wieder das dumpfe Klingeln seines Handys. Der junge Mann hinter der Theke machte große Augen, als Ari aus dem Unwetter in den Laden stolperte. Er war die einzige Kundschaft. Ari wunderte sich, dass die Bäckerei überhaupt noch geöffnet hatte.

»Haben Sie Tee?«, rief Ari dem Mann zu und ging dann ans Handy. Er setzte sich an einen Tisch am Fenster und versuchte, auf die Aðalgata zu spähen, doch die Sicht war gleich null.

»Hallo, ist da Ari?«

»Ja.«

»Hier ist noch mal Þormóður. Jetzt weiß ich es wieder.«

Ari wartete ab.

»Ich weiß wieder, wer Finnbogi ist.«

»Und?«

»Er war früher unser Hausarzt. Er hat lange Zeit in Siglufjörður praktiziert. Mein Vater und er waren gute Freunde, waren beide bei den Lions und den Freimaurern und was weiß ich, wo ...«

»Aber er lebt nicht mehr?«
»Er ist schon lange tot.«
Ari stand auf.
»Danke, ich prüfe das.«
Er ging zur Theke. »Lassen wir das mit dem Tee.«

39

Ari und Ugla waren für den Abend verabredet, und eigentlich hatte er nicht vorgehabt, sich vorher noch mal zu melden. Er wollte nicht zu interessiert wirken, wollte das gute Gleichgewicht, das sich gerade zwischen ihnen eingestellt hatte, nicht kaputt machen. Er freute sich auf ihr Date, und das war ein schönes Gefühl. Ein guter Anfang. Gleichzeitig war ihm bewusst, dass sich das Blatt schnell wenden konnte. Über Jahre hatte Ugla ihn geschnitten, und auf einmal stand die Tür für ihn wieder einen Spalt offen.

Trotzdem entschied er, den Besuch bei Bjarki noch einen Moment aufzuschieben und zuerst bei Hávarður vorbeizuschauen. Er zog den Kopf ein und marschierte in das Schneetreiben. Der Weg zum Hügel war beschwerlicher als je zuvor, doch er kämpfte sich voran. Auf dem Flur des Pflegeheims lief er Ugla in die Arme.

»Ari? Was machst du denn hier?« Verwunderung, aber auch leichte Freude in ihrer Stimme.

»Ich wollte dich kurz sehen und bei Hávarður vorbeischauen.«

»Verrücktes Wetter«, sagte sie. »Ich weiß nicht, ob ich

so etwas je erlebt habe. Das Licht geht ständig an und aus. Ich habe vorhin mit Hersir gesprochen. Er befürchtet, dass der Strom länger ausfällt.«
»Könnte sein«, sagte Ari. »Hör mal, Hávarður hat doch einen Finnbogi erwähnt. Erinnerst du dich?«
Ugla nickte.
»Das scheint sein ehemaliger Hausarzt zu sein. Ich bin mir nicht sicher, doch ich habe eine Idee. Vielleicht ist es Unsinn, aber ...«
Ugla fiel ihm ins Wort: »Gut, dass du da bist. Mir ist auch plötzlich etwas eingefallen, nachdem wir über Hersirs Frau gesprochen haben. Ich wollte es dir heute Abend erzählen«, sagte sie und klang leicht zögerlich.
»Ach ja?«
»Ich weiß nicht, ob es eine Rolle spielt, aber Rósa war den Winter über ziemlich oft bei Hávarður ...«
»Wie meinst du das?«
»Die Schwester ihrer Mutter lag im selben Zimmer. Sie war hochbetagt und nicht mehr ansprechbar. Sie war unsere allererste Bewohnerin. In Siglufjörður geboren und aufgewachsen, ihr Mann war der größte Reeder hier.«
»Wann ist sie gestorben?«
»Vor etwa zwei Monaten. Das zweite Bett in Hávarðurs Zimmer ist seitdem frei. Vermutlich nicht mehr lange, denn ich glaube, Hersir kann bald weitere Patienten aufnehmen, es sieht ganz gut aus.«
Ari dachte nach, ehe er die nächste Frage stellte, wählte seine Worte sorgfältig: »Kam ihr Tod überraschend?«

239

»Überraschend? Wie meinst du das?«

»Hatte es sich angekündigt?« *Kam es dir komisch vor*, wollte er eigentlich fragen, doch er hielt sich zurück. *Sie wurde getötet*, hatte Hávarður an die Wand geschrieben, zwei Monate nachdem seine Zimmergenossin gestorben war, genau zu dem Zeitpunkt, als über einen anderen Todesfall gesprochen wurde. Vielleicht eine vage Assoziation …?

Ugla antwortete nicht sofort.

»Das kam ziemlich überraschend. Ich bin zwar keine Ärztin, aber sie wirkte eigentlich noch recht stabil. Auf ihre Weise. Sie hat nicht viel geredet und war mehr oder weniger bettlägerig, aber ich dachte, sie würde es noch eine ganze Weile machen.«

»Was hat Hersir gesagt, als sie gestorben ist?«

»Er war nicht sonderlich erstaunt.« Und dann fügte sie mit leicht zitternder Stimme hinzu: »Ich glaube, im Grunde kam es ihm auch ganz gelegen, den beiden … Wenn man das so sagen darf …«

»Wie das?«, fragte Ari, in dessen Kopf sich langsam ein Bild formte.

»Sie war die Alleinerbin.«

»Wer?«, hakte Ari nach, obwohl die Antwort klar war.

»Rósa. Ihre Tante hatte keine Nachkommen. Es war kein Geheimnis, dass Rósa alles erben würde. Sie und Hersir sind jetzt, na ja … Die beiden sind jetzt ziemlich reich, das kann man, denke ich, so sagen. Fangquotengeld, weißt du.«

Ari brauchte einen Moment, um seine Gedanken zu ordnen. Die Lücken auszufüllen.

»Interessant«, sagte er. Er musste immerzu an die Worte denken, die der alte Mann an die Wand gepinselt hatte. *Sie wurde getötet.*

»Ari«, sagte Ugla schließlich »Glaubst du denn …?«

Er wartete ab, ob Ugla ihren Satz beendete.

»Glaubst du denn, sie haben etwas unternommen, um … Du weißt schon …?«

»Sie?« Trugen Hersir und Rósa gemeinsam die Verantwortung dafür? »Glaubst du das?«

Jetzt zögerte Ugla.

»Nein, ich kenne Hersir jetzt schon relativ lange und auch recht gut, würde ich sagen. Er ist sehr aufrichtig und vertrauenswürdig. Und er ist Arzt, Ari. Ein Arzt würde doch nie …«

»Ganz genau.«

»Das ist ausgeschlossen, Ari, völlig ausgeschlossen, dass er etwas in diese Richtung unternommen hat.«

Mehr musste Ugla nicht sagen. Auch so war Ari klar, was er zu tun hatte.

40

»Sie rechnen damit, dass der Strom ausfällt«, sagte Ari, der Hersir gegenüber in dem kleinen Vernehmungsraum auf der Polizeiwache saß. »Hoffentlich bleibt er uns noch einen Moment erhalten, zumindest solange wir hier sitzen. Das kriegen wir sicher schnell über die Bühne.«
»Ich verstehe nicht, warum Sie mich an einem Feiertag hierherschleppen, den ganzen Weg zur Wache. In einem solchen Wetter. Das kommt mir ziemlich merkwürdig vor, muss ich sagen.« Hersir wirkte gefasst und blieb freundlich, als handelte es sich lediglich um ein Missverständnis, doch hinter der Fassade nahm Ari aufkeimende Furcht und Anspannung wahr.

Der Besuch bei Historiker Bjarni musste leider immer noch warten, denn Ari hatte das Gefühl, dass es sich hierbei um eine nicht minder schwerwiegende Angelegenheit handelte.

»So weit ist der Weg nun auch wieder nicht.«
»Bitte?«
»Von Ihrem Haus zur Wache.«
»Aber bei diesem verrückten Wetter!«

»In Siglufjörður nennen wir so etwas einfach nur Winter.«

Hersir schwieg mit gesenktem Blick.

»Ich wollte noch einmal mit Ihnen darüber sprechen, was Hávarður in seinem Zimmer an die Wand geschrieben hat.«

»Ach … Ich dachte, die Sache wäre erledigt. Er hat nie wieder davon gesprochen.«

»Den alten Mann muss man nicht so ernst nehmen?«

Hersir stutzte.

»Ich denke nicht. Das ist bei Patienten wie ihm schwer zu sagen, man kann diese Leute nicht alle über einen Kamm scheren, verstehen Sie. Die Krankheit äußert sich sehr unterschiedlich, und …«

Ari schnitt ihm das Wort ab: »Ist es nicht trotzdem denkbar, dass Hávarður die Wahrheit sagt? Dass er etwas gesehen hat?«

»Also ich …«

»Sie wissen, dass Sie das Recht auf einen Anwalt haben.«

»Nein, nein, das ist doch nicht nötig, wirklich nicht«, sagte Hersir und klang überhaupt nicht überzeugend.

»Soll ich Ihnen sagen, was ich glaube? Ich glaube, Hávarður ist Zeuge eines Mordes geworden.«

Hersir schwieg.

»Als ich weiter nachgefragt habe, hat er gesagt, dass Finnbogi die Frau getötet hat. Er war sich ganz sicher. Aber ich kenne keinen Finnbogi, und auch Ugla nicht.

Erst nachdem ich mit seinem Sohn gesprochen habe, hat sich herausgestellt, wer dieser Finnbogi ist – oder vielmehr war. Sie wissen es vielleicht auch, oder?«

»Ja«, sagte Hersir leise.

»Hávarðurs früherer Arzt.«

Hersir schwieg.

»Meine Theorie ist, dass Hávarður mit ansehen musste, wie sein Arzt eine Frau getötet hat. Er hat nur die Namen verwechselt. Die Vergangenheit ist ihm präsenter als die Gegenwart. Hersir ... Finnbogi ...«

Immer noch schwieg Aris Gegenüber.

»Was haben Sie mit ihr gemacht, mit Hávarðurs Zimmergenossin? War das Erbe so wichtig? Ich habe gehört, die Finanzen waren knapp ...«

Hersir sah aus, als wollte er etwas sagen. Ari wartete geduldig.

»Wir hatten es schwer. Wir sind keine reichen Leute, nicht in dem Sinne. Unser gesamtes Vermögen ist in den Kauf und die Renovierung dieser Immobilie geflossen, und es wurde teurer, als wir gedacht hatten. Auch mit den Verträgen mit Stadt und Land ging es nicht so richtig voran, und ... Wir mussten auf beide Häuser Hypotheken aufnehmen, auf unser Haus in Reykjavík und auf das Haus hier im Ort, und ...«

»Und sie hatte ohnehin nicht mehr lange zu leben«, sagte Ari. »Sie wissen, dass ich die Leiche exhumieren lassen kann, dann werden wir feststellen, was die Todesursache war.«

»Sie war schon lange nicht mehr in dieser Welt, aber ihr Körper war zäh. Wir haben jeden Moment damit gerechnet, dass sie ... Sie hatte niemanden außer uns. Mich und meine Frau«, sagte Hersir zögernd.

»Und sie war die Alleinerbin.«

»Meine Frau, ja, sie war die einzige Erbin. Sie hat sich über die Jahre um sie gekümmert, wir sind immer gut zu ihr gewesen ...«

»War es viel? Das Erbe?«

»Ich erinnere mich nicht mehr genau an die Zahl, ich weiß nicht ...«

»Das finde ich schon heraus. Es muss eine stolze Summe gewesen sein, wie ich gehört habe.«

Hersir sagte nichts.

»So viel jedenfalls, dass Sie den Bankrott locker abwenden konnten.«

»Das Geld kam uns gelegen«, gab Hersir schließlich zu, doch er klang so, als wollte er mit dem Geld nichts zu tun haben. Zumindest in diesem Moment nicht.

»Ich habe mit Rósa gesprochen. Ich glaube, sie hat eins und eins zusammengezählt. Wo war sie heute Abend, Hersir? Ich habe sie vorhin nicht gesehen, als ich Sie abgeholt habe.«

»Sie musste kurz weg ...«

»Kurz weg? In diesem Wetter? Bei drohendem Stromausfall und wer weiß, was sonst noch? Wohin?«

»Keine Ahnung, sie hatte irgendetwas vor, wollte wen treffen ...« Es war keine Frage, dass er log. Doch Ari merkte, dass sein Widerstand schwächer wurde. Vielleicht würde es ihm besser gehen, wenn er gestand, wenn er seiner Tat in die Augen blickte.

»Sagen Sie mir einfach, was geschehen ist, Hersir«, forderte Ari ihn freundlich auf.

Genau in diesem Moment fiel der Strom aus.

41

Es war stockfinster in dem kleinen, fensterlosen Raum. Ari saß einen Moment wie gelähmt, der Stromausfall hatte ihn eiskalt erwischt, obwohl er damit hatte rechnen müssen.

Kurz befürchtete er, Hersir würde zur Ultima Ratio greifen und einen Fluchtversuch unternehmen. Die Sekunden kamen ihm wie eine Ewigkeit vor, während er den Tisch nach seinem Handy abtastete. Er meinte, dass Hersir sich regte, aber vielleicht hörte er auch nur seine eigenen Bewegungen.

Endlich fand er das Handy, schaltete die Taschenlampe ein und richtete sie auf Hersir.

Hersir saß wie festgewachsen, den Blick gesenkt, als weiche er dem Licht aus. Doch Ari las noch etwas anderes aus seiner Haltung: Kapitulation.

Er hatte mehr Gegenwehr erwartet.

»Ich suche eine Taschenlampe oder so, eine Kerze, irgendein Licht«, sagte Ari.

»In Ordnung«, sagte Hersir, der jetzt ganz anders klang. »Ich werde es Ihnen erzählen.«

Ari schwieg.

»Sie hatte so abgebaut, wissen Sie, sie hatte diese Welt schon hinter sich gelassen. Sie war noch um einiges kränker als Hávarður. Sie hatte nicht mehr lange zu leben. Manchmal dachte ich, es wäre eine Frage von Tagen, doch sie hat sich immer wieder berappelt. Aber es ...« Er hielt inne, schien seine Worte sorgfältig zu wählen. »Das war kein Leben mehr, verstehen Sie?«

Ari antwortete nicht. Wollte ihn nicht bekräftigen.

»Wir hatten es fast geschafft, die Lücke zu schließen, die Sache zu retten, aber die Situation wurde immer schwieriger, und dieses Geld war so greifbar, und es nutzte niemandem mehr, verstehen Sie? Wir waren drauf und dran, das Haus zu verlieren – beide Häuser – und das Pflegeheim noch dazu ... An jenem Abend stand ich an ihrem Bett und rechnete jeden Moment damit, dass sie ihren letzten Atemzug tat. Ich dachte, Hávarður würde schlafen, und glaubte ohnehin, dass ihn im Zweifel niemand ernst nehmen würde. Und dann ...«

Es folgte ein langes Schweigen.

»Haben Sie sie getötet?«, fragte Ari. Er horchte nach, ob das Diktiergerät noch lief, musste sichergehen, dass das Geständnis aufgezeichnet wurde.

»Ich würde es nicht Mord nennen. Keineswegs.«

»Wie dann?«

»Ich wollte das nicht tun, verstehen Sie? Ich hatte das nicht geplant oder so. Ich habe das Kissen auf ihr Gesicht gelegt und kurz abgewartet. Mehr brauchte es nicht. Sie hat sich so nach Ruhe gesehnt. Daher würde ich es eher Sterbehilfe nennen.«

»Wir sollten aufstehen, Hersir. Sie schlafen heute Nacht hier. Tut mir leid. Wir haben keine andere Wahl.«

»Hier?«

»Morgen werde ich klären, ob eine Untersuchungshaft gerechtfertigt ist.«

»Sie wollen mich hier allein lassen … im Dunkeln?« Seine Stimme bebte. In diesem Moment hatte Ari ein kleines bisschen Mitleid mit ihm, aber das Gefühl verging. Er musste Ögmundur anrufen, ihn sofort herzitieren und den Arzt einsperren.

Das Adrenalin schoss durch seinen Körper.

Der nächste Punkt auf der Tagesordnung war ein Besuch bei Bjarki.

42

»Kommen Sie rein«, hörte Ari aus der Wohnung des Historikers. Er war die Treppe im Dunkeln hinaufgestiegen und hatte in dem stockfinsteren Treppenhaus bei jeder Stufe befürchtet, auf die Nase zu fliegen. Bjarkis Tür stand einen Spalt offen.

»Ich bin im Arbeitszimmer«, rief Bjarki, und Ari steuerte auf den Lichtschimmer zu, der aus dem Raum drang. Wohl fühlte er sich nicht, allein mit dem Mann, den er mit schweren Vorwürfen konfrontieren würde. Im Dunkeln war alles möglich. Er hätte gern Ögmundur an seiner Seite gehabt, aber sie konnten den Arzt nicht allein auf der Wache lassen.

Aus dem finsteren Flur sah Ari Bjarki am Schreibtisch sitzen, mehrere Kerzen erleuchteten den Raum, große weiße Kerzen in altmodischen Ständern. Ari fühlte sich wie um hundert Jahre zurückversetzt.

Ein Schatten lag auf Bjarkis Gesicht, doch soweit Ari erkennen konnte, sah er nicht besorgt oder ängstlich aus. Vermutlich war Ari sogar der Ängstlichere von beiden.

»Ich habe versucht, bei Kerzenschein zu lesen, aber das ist eine Herausforderung«, sagte Bjarki.

»Das glaube ich gern«, sagte Ari und wartete ab, rechnete damit, dass Bjarki ihn ins Wohnzimmer bitten und einige Kerzen mitnehmen würde. Doch er rührte sich nicht vom Schreibtisch, sondern sah Ari an und wartete.

Ari hatte sich überlegt, wie er in das Gespräch einsteigen wollte, hatte sich vorgenommen, das Mienenspiel des Historikers genau zu beobachten, aber in diesem Schummerlicht war das leichter gesagt als getan.

»Wir haben ihr Handy gefunden«, begann er.

Schweigen.

»Wessen Handy?«

»Das von Unnur.«

»War es verschwunden?«, fragte Bjarki mit neutraler Stimme.

»Ich meine ihr zweites Handy, das sie versteckt hatte«, antwortete Ari kühl und fügte hinzu: »Das Sie gesucht haben, als Sie bei Salvör eingebrochen sind.«

Bjarki lachte, doch es war ein künstliches Lachen. »Ich bin bei ihr eingebrochen? Wie kommen Sie denn auf so einen Unsinn?«

»Sie waren zu dem Zeitpunkt zurück in Siglufjörður, so viel steht fest. Der Einbruch ist in der Nacht nach Ihrer Rückkehr passiert, und Sie sind früher zurückgekehrt als geplant, oder?«

»Ich habe spontan umgeplant, das sagte ich ja schon«, antwortete Bjarki nüchtern. »Hätten Sie an meiner Stelle anders entschieden? Jemand hat sich vom Dach meines Hauses gestürzt. Das ist einem natürlich nicht gleichgültig.«

»Sie wussten, was auf Unnurs Handy ist, und Sie wollten unbedingt verhindern, dass wir es finden.«

»Und was soll das bitte sein? Hm? Das würde ich gerne wissen.« Langsam wurde er doch nervös.

»Jede Menge Nachrichten zwischen Ihnen beiden …«

»Zwischen uns beiden?«, zischte er nach einem kurzen Schweigen. »Ich kann Ihnen gern mein Handy zeigen. Da sind keine Nachrichten von Unnur. Ich kannte das Mädchen kaum. Sie können nicht einfach mit solchen Beschuldigungen über mich herfallen …«

»Ich habe Sie nicht beschuldigt, Bjarki«, entgegnete Ari ruhig.

Der Historiker stutzte. »Na ja, vielleicht nicht direkt. Aber Sie wissen schon, was ich meine …«

»Wissen möchte ich einfach nur, was Sie dazu sagen, Bjarki. Unnur war nicht die einzige Schülerin, zu der Sie Kontakt hatten.«

»Wie bitte?«

»Sie haben wohl vergessen zu erwähnen, dass Sie Unnur unterrichtet haben.«

»Herr im Himmel, ich kann mir wirklich nicht die Namen aller Schüler merken, die ich mal unterrichtet habe. Ich war lediglich Vertretungslehrer, vielleicht einen Monat lang.«

»Waren es mehr als zwei Schülerinnen? Unnur – und wer noch?«

Bjarki stand auf, aber er antwortete nicht sofort. Nach einer Weile sagte er mit lauter Stimme: »Ich habe mit keinem Mädchen von dieser Schule etwas angefangen. Wo haben Sie das her?« Ari konnte Bjarkis Gesicht nicht gut erkennen, doch er hörte das Zittern und die Aufregung in seiner Stimme und war sich ziemlich sicher, dass dieser Mann sich etwas zuschulden hatte kommen lassen.

Als hätte Bjarki Aris Gedanken gelesen, verteidigte er sich weiter: »Ich war in Reykjavík, als Unnur sich von der Dachterrasse gestürzt hat. Das wissen Sie. Sie oder Ihr Kollege da, Sie haben sogar rumtelefoniert und es sich bestätigen lassen. Ich habe nichts getan, ich ... Ich habe ihr nichts getan ...«

»Es behauptet auch niemand, Bjarki, dass Sie sie von der Dachterrasse gestoßen haben. Sie hat bei Jóhann und Jónína geklingelt, ist aufs Dach gestiegen und hat sich hinuntergestürzt. Furchtbar.« Nach einer kurzen Pause: »Sie war erst neunzehn Jahre alt.«

»Ja, schon. Aber wenn das das Ergebnis Ihrer Nachforschungen ist, dass das Mädchen sich das Leben genommen hat, dann verstehe ich nicht, was Sie hier wollen.«

»Soll ich Ihnen ein paar der Nachrichten vorlesen, die Sie einander geschickt haben?«

»Ich habe ihr keine Nachrichten geschickt, wie gesagt, Sie können sich mein Handy ansehen ...«

»Sie haben natürlich nicht Ihre normale Nummer dafür verwendet. Routiniert, wie Sie sind. Ich frage mich, ob wir das Handy bei Ihnen finden würden, wenn wir nur gründlich genug danach suchten. Oder haben Sie es schon verschwinden lassen?«

»Ich habe nichts getan!«, schrie Bjarki.

»Soll ich Ihnen die Nachrichten vorlesen? Am interessantesten ist die Drohung, dass Sie Nacktbilder von ihr veröffentlichen, wenn sie nicht mit Ihnen zusammenbleibt ...«

»Ich weiß nicht, wovon Sie reden«, entgegnete Bjarki mit lauter, aber wenig überzeugender Stimme. »Und ich will auch nichts mehr davon hören, das geht mich nichts an, das ist die Privatsache irgendeiner ...«

»Finden Sie das normal, solche Drohungen? Das ist eine Straftat«, fuhr Ari unbeirrt fort. »Das ist Ihnen bewusst, oder?«

»Was? Unsinn, man kann ja wohl sagen, was man will«, widersprach Bjarki und verhaspelte sich vor Aufregung beinahe.

»Und finden Sie es normal, eine Beziehung mit einer Neunzehnjährigen zu führen, mit Ihrer Schülerin, Bjarki?«

Er antwortete nicht sofort. »Sie wissen nichts über mein Privatleben, und das geht Sie auch nichts an. Aber es ist natürlich nicht verboten, eine jüngere Freundin zu haben, das ist nichts Illegales ...«

»Hatten Sie also eine jüngere Freundin? Neunzehn Jahre alt? Vielleicht sogar mehrere?«

»Nein, nein ...«

Bjarki setzte sich wieder.

»Sie wissen, dass wir das herausfinden können, Bjarki. Und man kriegt raus, wer solche Prepaidkarten gekauft hat, über die Sicherheitskameras in den Geschäften und so weiter. Ein weiteres Mädchen ist bereit, über die Beziehung zu Ihnen auszusagen, falls es nötig sein sollte ... Wir können auch die GPS-Koordinaten auf den Handys abgleichen, Bjarki.« Ari machte eine Pause. »Und Unnurs Handy – ihr zweites Handy –, das schicken wir zur Untersuchung nach Reykjavík. Es ist ein Leichtes, darüber ihre Aufenthaltsorte zu rekonstruieren. Dann werden wir sehen, wann Sie sich getroffen haben ...«

»Das war nicht meine Schuld«, sagte er in scharfem Ton. »Ich trage nicht die Verantwortung dafür, dass Unnur entschieden hat, sich das Leben zu nehmen. Ich habe sie nicht vom Dach gestoßen.«

»Niemand hat sie gestoßen«, sagte Ari. »Dennoch kann man direkt oder indirekt für einen Tod verantwortlich sein.«

»Nein!«, schrie Bjarki auf, der nun völlig aus dem Gleichgewicht geraten war. »Das hängen Sie mir nicht an. Für so etwas kann man niemanden vor Gericht bringen, indirekter Mord, indirekter ...« Seine Stimme war immer leiser geworden, als wäre er sich seiner Sache doch nicht mehr so sicher.

»Damit haben Sie natürlich recht«, sagte Ari nach einer Weile.

»Womit?« Bjarki beugte sich vor.

»Man kann Sie nicht wegen Mordes vor Gericht bringen, aber Sie kommen bitte dennoch morgen auf die Wache, weil wir Sie zu den Drohungen befragen müssen. Wir werden auch die Schule informieren. Ich nehme an, dort sind Sie in Zukunft nicht mehr gern gesehen.«

»Sie können nicht ... Sie ...« Er verstummte.

»Damit müssen Sie wohl leben«, sagte Ari schließlich. »Keine Ahnung, wie man es aushält, das Leben eines jungen Mädchens auf dem Gewissen zu haben. Ich möchte nicht mit Ihnen tauschen.«

Bjarki saß stumm da.

»Ich denke, das war's fürs Erste, Bjarki«, sagte Ari.

»Trotzdem können Sie das nicht tun«, muckte Bjarki noch einmal leise und mehr jämmerlich als bedrohlich auf.

»Was kann ich nicht tun?«

»Mir so drohen. Ich kann hier nicht wohnen bleiben, wenn Sie sich so aufführen. Dann muss ich wegziehen und das Buch woanders schreiben.«

Jetzt schmunzelte Ari sogar. Offenbar hatte Bjarki immer noch nicht begriffen, dass von nun an alles anders war. Die Wahrscheinlichkeit, dass er weiterhin durch Stipendien finanziert an seinem Buch schreiben konnte, tendierte gegen null.

Bjarki redete unbeirrt weiter, sprach mehr mit sich selbst als mit seinem Gegenüber: »Dann bleibe ich halt länger in Siglunes, breche einfach früher dorthin auf. Da lässt man mich wenigstens in Ruhe.«

43

Ari zuckte innerlich zusammen, doch er versuchte, sich nichts anmerken zu lassen.

Siglunes ...

»Da war ich dieses Wochenende«, sagte Ari beiläufig.

Bjarki sah ihn scharf an. »Nein ...«

»Doch, ich bin mit Pfarrer Eggert hingefahren. Das war mein erster Besuch da draußen. Kennen Sie Vater und Sohn, die das Haus dort renovieren?«

»Sie haben mich falsch verstanden«, entgegnete Bjarki, jetzt wieder etwas ruhiger. »Ich meinte Siglunes in Kanada, wo sich viele Westisländer angesiedelt haben.«

»Wie bitte?«

»Eine alte Gemeinde, die sich allerdings kürzlich umbenannt hat. Ich habe dort ein Haus gemietet. Am Manitobasee. Die Isländer, die damals nach Westen ausgewandert sind, haben natürlich isländische Ortsnamen verwendet, die findet man dort überall.«

Ari bemühte sich, Bjarki zuzuhören, doch er sah immer wieder vor sich, was Unnur in ihren Kalender gekritzelt hatte: *Siglunes*. Dort hatte sie hingewollt.

Sie wollte nach *Kanada*, mit dem Mann, in den sie verliebt zu sein glaubte, bis es zum großen Knall kam.

»Warum haben Sie nicht einfach losgelassen?«, fragte Ari.

»Bitte?«

»Warum haben Sie Unnur nicht gehen lassen, in Frieden? Dann wäre sie jetzt sicher noch am Leben …«

Bjarki sagte kein Wort.

»Diese furchtbare Drohung, dass Sie derartige Fotos von einem jungen Menschen veröffentlichen wollen, der alles noch vor sich hat. Was zur Hölle haben Sie sich dabei gedacht?« Ari musste sich zurückhalten, durfte sich nicht von seiner Wut leiten lassen, aber etwas lauter wurde er trotzdem. In seinen Augen trug allein Bjarki die Verantwortung für Unnurs Tod, auch wenn es unrealistisch war, dass er die Schuld auf sich nehmen würde.

»Wollten Sie sie mit nach Kanada nehmen? Dachte sie das?«

Ari machte einen Schritt auf Bjarki zu.

Der guckte erschrocken, als befürchtete er, Ari könnte handgreiflich werden. Was ihm natürlich nicht in den Sinn kam, aber aus der Nähe konnte er Bjarkis Reaktion besser beobachten.

Bjarki saß regungslos da und sagte nichts, stritt nicht einmal mehr ab, dass es diese Beziehung gegeben hatte.

»Und …« Ari machte einen weiteren Schritt auf ihn zu. »Ich wollte Sie noch etwas fragen: Hatten Sie wirklich vor, diese Bilder zu veröffentlichen? Ich bezweifle es. Das wäre

auf Sie zurückgefallen, hätte nicht nur ihr geschadet. Denn sie hätte Sie verraten. Daher glaube ich, dass sie völlig umsonst gestorben ist. Zu Tode verängstigt, verzweifelt ...«
Ari machte auf dem Absatz kehrt und ging. Ein unangenehmes Gefühl, diesem Mann den Rücken zuzuwenden, daher warf er in der Tür einen kurzen Blick über die Schulter. Bjarki saß unverändert starr im Dämmerlicht. Nur die Kerze auf dem Schreibtisch, die am hellsten geleuchtet hatte, war erloschen.

44

Ari lag nackt neben Ugla im Bett, als sein Handy klingelte. Immer noch gab es keinen Strom und zu allem Übel auch kein warmes Wasser, denn die Warmwasserpumpen waren strombetrieben. Die Zeit bis zu ihrem Date hatte Ari größtenteils mit Ögmundur auf der Wache verbracht und mit Bürgermeister und Rettungsmannschaft telefoniert. Letztere sollte in Kürze von Haus zu Haus gehen und Kerzen und Taschenlampen verteilen. Der Arzt wartete hinter Schloss und Riegel, während sich Bjarki noch auf freiem Fuß befand.

Um Punkt acht hatte Ari bei Ugla geklopft. Diesmal wollte er alles richtig machen.

Sein Handy lag auf dem kleinen Nachttisch. Er hatte es eigentlich immer griffbereit, nahm seinen Job in dieser Hinsicht sehr ernst. Doch hier und jetzt hätte er am liebsten weggehört.

Es ging auf dreiundzwanzig Uhr zu, und er hatte die ganze Nacht mit Ugla verbringen wollen, nachdem dieses Date etwas anders verlaufen war als erwartet, aber gar nicht so anders als insgeheim erhofft.

Er dachte an seine erste Begegnung mit Kristín zurück, auf der Geburtstagsfeier eines gemeinsamen Freundes. Sie waren so jung gewesen, er wusste noch nicht wirklich, was er wollte, ein elternloser Student auf der Suche nach einer sinnvollen Aufgabe. Sie passten gut zusammen, obwohl sie schon damals deutlich organisierter, strukturierter und zielstrebiger gewesen war als er. Und dann hatte er Ugla kennengelernt, vor gut sieben Jahren. In der Rückschau, wenn er ganz ehrlich war, hatte er für Ugla von Anfang an stärkere Gefühle gehabt als für Kristín. Die Anziehungskraft war größer gewesen, mit ihr war alles so mühelos.

Und auch jetzt war er zufrieden, wie die Dinge sich entwickelten.

Ugla drehte sich zu ihm, legte die Hand auf seine Schulter.

»Nicht rangehen … nicht rangehen …«, raunte sie ihm lächelnd zu.

Er war hin- und hergerissen.

»Ach, Mensch, du weißt schon, das Unwetter, und …«, begann er entschuldigend. »Eigentlich muss ich …« Dass Hersir in Gewahrsam war, hatte er ihr noch gar nicht erzählt. Das konnte bis morgen warten.

»Alles gut, das war nur ein Scherz. Sieh nach, wer es ist.« Ugla war immer so unkompliziert, machte nie unnötig Stress.

Er setzte sich auf und griff nach dem Handy. Salvör. Er zögerte, doch das Klingeln wollte nicht aufhören. Ein letzter Blick zu Ugla, die lächelnd mit den Schultern zuckte.

»Guten Abend, hier ist Ari Þór«, sagte er förmlich.

»Entschuldigen Sie die Störung.«

»Keine Ursache«, antwortete er und klang dabei dennoch kurz angebunden.

»Da ist etwas, über das ich mit Ihnen sprechen muss ...« Sie machte eine Pause. »Ich muss Ihnen etwas erzählen.«

»Kann das ... kann das vielleicht bis morgen warten? Kommen Sie doch morgen auf die Wache. Im Moment haben einige andere Dinge Vorrang ...«

»Das kann leider nicht warten, es ist sehr dringend, ich ...«

»Betrifft es Unnur?«, fragte er, obwohl er sich nicht vorstellen konnte, um was es sonst gehen sollte.

»Ja.«

»Ich hätte jetzt ein paar Minuten, wenn Sie darüber sprechen möchten.«

Salvör ließ nicht locker: »Ich muss von Angesicht zu Angesicht mit Ihnen reden. Können Sie nicht kurz vorbeikommen? Es dauert auch nicht lange, versprochen.«

Verdammt, dachte Ari und sah Ugla an.

»Warten Sie kurz, Salvör.«

Er stellte sein Handy auf stumm.

»Wäre es okay, wenn ich kurz weg bin, nur für eine halbe Stunde oder so? Es ist Unnurs Mutter ...«, sagte er, während seine Gedanken schon um Salvörs Anliegen kreisten. War noch irgendetwas in Bezug auf den Tod des Mädchens unklar geblieben?

Ugla lächelte: »Geh ruhig, Ari, von mir aus ist das völlig in Ordnung. Sie hat ihre Tochter verloren, rede mit ihr, ich rühre mich solange nicht von der Stelle. Ich verlasse noch nicht einmal das Bett ... Ehrenwort!«

Er seufzte. »Also gut ...«

Er stellte das Handy wieder laut. »Wir können kurz reden. Soll ich jetzt vorbeikommen?«

»Ja, danke.«

»Viel Zeit habe ich nicht, etwa eine halbe Stunde.«

»Das ist in Ordnung, danke.«

»Bin gleich bei Ihnen«, sagte er und verabschiedete sich.

Er küsste Ugla, dann stand er auf und zog sich an.

»Bleib nicht lange weg ...«

»Ich verspreche es.«

Und fast im selben Moment befiel ihn ein ungutes Gefühl. Wie viele dieser Versprechen hatte er in seinem Leben schon gebrochen? Unwillkürlich dachte er an seinen Vater, der alle Versprechen gebrochen hatte – die ausgesprochenen genauso wie die unausgesprochenen –, als er eines Tages einfach verschwunden war ...

»Ich verspreche es«, wiederholte er dennoch.

45

Zurück in der eisigen Nordkälte und im Schneetreiben beschlich Ari der Gedanke, dass er den Fall möglicherweise doch noch nicht aufgeklärt hatte. War ihm ein Fehler unterlaufen? Hatte er die falschen Schlüsse gezogen? Was wollte Salvör ihm sagen, was konnte nicht warten? Das ging alles so schnell. Es war gerade einmal vier Tage her, dass sie Unnurs Leiche gefunden hatten.
Wusste Salvör mehr?
War es doch kein Unglück gewesen?
Hatte Salvör etwa …?
Nein, verdammt, sie konnte keinen Anteil am Tod ihrer Tochter haben. Das war ein absurder Einfall.
Er stapfte weiter, ließ die Gedanken kommen und gehen.
Was hatte sie ihm verschwiegen? Und wieso? Oder hatte sie etwas Neues herausgefunden?
Er ertrug die Vorstellung nicht, dass er ein Puzzleteil falsch zugeordnet, dass er irgendetwas übersehen hatte.
Als er auf Salvörs Haus zulief, fühlte er sich unwohl, als müsste er sich in Acht nehmen. Kurz dachte er daran,

Ögmundur anzurufen und herzubitten, doch dann schüttelte er das mulmige Gefühl ab. Natürlich drohte ihm keine Gefahr.

Auch Salvörs Haus war stromlos und finster. Ein leichter Schauder kroch über Aris Rücken, aber er schob es auf die Kälte.

Er hörte sein Klopfen durchs Haus hallen. Wenig später öffnete Salvör die Tür. Sie sah noch bedrückter aus als in den vergangenen Tagen.

»Kommen Sie rein«, sagte sie. Sie ging ins Wohnzimmer. Auf dem Tisch brannte eine Kerze.

»Danke. Wie gesagt, ich habe nicht viel Zeit.« Er war freundlich wie immer, wollte Salvör nicht verunsichern.

»Vielleicht sollten wir uns setzen. Ja, setzen wir uns«, sagte sie, als hätte sie Ari nicht gehört.

Er setzte sich ihr gegenüber, und erst jetzt, im schwachen Kerzenschein, fiel ihm auf, dass Salvör leichenblass war. Sie zögerte. Wusste offenbar nicht, wie sie das Gespräch beginnen sollte.

46

»Ich kann nur noch einmal betonen, wie leid mir das alles tut«, sagte Ari, um das Schweigen zu beenden. Er ließ die Worte eine Weile wirken, wollte Salvör die Gelegenheit geben, etwas zu sagen. Doch dieser Versuch blieb ohne Erfolg; Salvör saß weiter mit gesenktem Kopf da und sagte kein Wort.

Er wartete und zählte im Stillen die Sekunden, überlegte, wie viel Zeit er Salvör lassen sollte. Vielleicht ging es ihr einfach schlecht, und sie brauchte jemanden zum Reden. Doch er war kein Seelsorger. Sollte er ihr vielleicht anbieten, Pfarrer Eggert herzubitten?

Er musste an Ugla denken, die im Bett auf ihn wartete. Er vermisste sie, und das war ein schönes Gefühl.

»Ich war mir nicht sicher, ob ich Sie anrufen sollte«, sagte Salvör so plötzlich, dass Ari beinahe erschrak. »Ich habe wirklich kurz überlegt und daran gedacht, es nicht zu tun.«

Ari richtete sich auf und hörte aufmerksam zu. Also gab es tatsächlich etwas, das sie ihm bisher verheimlicht hatte.

»Es ist nie zu spät für die Wahrheit«, sagte er und beobachtete ihre Reaktion. Irgendwie wirkte Salvör wie betäubt, als hätte sie einen Schock erlitten. Und wieder hatte er das Gefühl, dass seine Worte nicht zu ihr durchdrangen, dass sie einen Panzer um sich trug, den er nicht zu durchbrechen vermochte.

»Sie hätte nicht sterben müssen, das denke ich unentwegt seit unserem letzten Gespräch, Ari. Das liebe Kind, das ist alles so sinnlos. Sie hatte nie Probleme, stand immer auf der richtigen Seite im Leben und hatte so schöne Pläne für die Zukunft. Wenn ich die Augen schließe, höre ich sie, wie sie mir erzählt, was sie nach dem Abitur vorhat. Und wenn es mir mal gelingt, einzuschlafen, für einen kurzen Moment, dann kommt sie zu mir und ...« Sie verstummte, seufzte.

»Ich weiß natürlich, was passiert ist, das weiß ich ...«

Erst jetzt sah sie Ari in die Augen.

47

»War sie also doch nicht allein auf der Dachterrasse?«, fragte Ari, der seine Worte mit Bedacht wählte.

»Nicht allein?« Diesmal hatte Salvör ihn offenbar gehört, und sie wirkte sehr erstaunt. »Wie meinen Sie das? Natürlich war sie allein. Unnur ist von der Dachterrasse gesprungen, das wissen Sie doch.«

»Ja, ich dachte nur ...« Er zögerte. »Ich dachte, Sie hätten vielleicht neue Informationen.«

»Nein, Sie verstehen nicht, Ari. Dachten Sie etwa, dass *er* auch dort gewesen ist, dieser Unmensch? Der war doch in Reykjavík. Wobei er sie genauso gut auch eigenhändig hätte stoßen können ...«

Ari nickte. »Vermutlich wird er wegen der Drohungen angeklagt. Ich nehme seine Aussage morgen zu Protokoll. Bestimmt will er die Stadt schnellstmöglich verlassen, daher müssen Sie keine Sorge haben, ihm zu begegnen.«

»Ich musste mit ihm reden, wir haben uns vorhin unterhalten. Er ist hergekommen.«

Jetzt war Ari derjenige, der sich wunderte. »Sie haben ihn zu sich eingeladen?«

»Ich wollte das alles aus erster Hand hören, wollte ihm ihr Zimmer zeigen, ihm zeigen, was er mir genommen hat ...«

»Und hat er noch irgendwelche Erklärungen abgegeben? Haben Sie etwas Neues erfahren?«

Salvör sah ihn an, als hätte sie die Frage nicht verstanden.

»Etwas Neues?«, wiederholte sie. »Was hätte das schon sein sollen? Es ist doch alles klar, er hat meine Tochter von der Dachterrasse getrieben, hat sie mit seinen Drohungen in den Tod getrieben. Welcher Mensch tut so etwas, Ari? Sie war noch ein Kind.«

Ari nickte.

Inzwischen war ihm klar geworden, dass Salvör ihn nur hergebeten hatte, um ein weiteres Mal über die ganze Sache zu reden. Was er gut nachvollziehen konnte. Sie war einsam, verzweifelt. Allein in der Dunkelheit, umgeben von all den Erinnerungen. Er konnte sich kaum vorstellen, wie schlimm das für sie sein musste. Womöglich musste man auf sie aufpassen, verhindern, dass sie sich etwas antat.

Vielleicht war sie kurz davor gewesen, sich das Leben zu nehmen, und hatte Ari angerufen, um sich aus dem Abgrund zu retten.

Wobei er ihr natürlich nicht den Beistand leisten konnte, den sie brauchte. Wenn es nach ihm ginge, würde er sich verabschieden und zu Ugla zurücklaufen. Andererseits wusste er, dass ein bisschen mehr Zeit der aufgewühlten Salvör guttun würde.

»Das ist schwer, ich weiß«, sagte er. »Sehr schwer.«
Sie ließ den Kopf hängen, und Ari rechnete schon damit, sie schluchzen zu hören, doch es herrschte absolute Stille.

48

Sie hob den Kopf, sah Ari in die Augen, ihr Blick so kalt, dass er erschrak. »Das stimmt. Man muss versuchen, irgendwie damit zu leben. Jeder auf seine Art.«

»Soll ich Pfarrer Eggert anrufen? Vielleicht möchten Sie mit ihm reden, Rat bei ihm suchen …?«

»Eggert?« Ein kleines Lächeln huschte über ihr Gesicht. »Nein, der kann nichts für mich tun. Ich mag ihn gern, aber das wäre nur Zeitverschwendung.«

»Sind Sie sicher?«

»Ganz sicher.«

»Soll ich jemanden bitten, bei Ihnen zu sein, Salvör? Fühlen Sie sich unwohl?«

»Das ist nicht nötig«, sagte sie müde. »Das ist wirklich nicht nötig …«

»Es wäre aber kein Problem«, sagte Ari, dem langsam die Geduld ausging. »Wenn Sie sich schwach fühlen, unsicher …?« Obwohl er so nachdrücklich war, glaubte Ari selbst nicht daran, dass Salvör das Angebot annehmen würde. Zumal Ögmundur auch gar keine Zeit für so etwas hatte, da er bei Hersir bleiben musste.

»Ging es Ihnen denn besser, nachdem Sie mit Bjarki gesprochen hatten?«, fragte Ari nach einer Weile.

Sie blickte auf, schien nachzudenken.

»Besser? Ich weiß es nicht, Ari. Ich bin mir nicht sicher.«

Sie seufzte.

»Hat er denn etwas Neues gesagt, etwas, das wir noch nicht wussten? Gibt es noch irgendetwas, das wir uns genauer anschauen sollten?«

Sie nickte.

»Ja.« Sie machte eine lange Pause. »Es tat ihm leid, meinte er, sehr leid …«

»Das ist gut zu hören«, sagte Ari, dem nichts Besseres einfiel.

Salvör reagierte nicht auf seinen Kommentar, sondern sprach weiter, als hätte sie Ari nicht gehört: »Für die Beziehung zu meiner Tochter hat er sich nicht entschuldigt. Er hat gesagt, er hat sie geliebt, aber …« Ihre Stimme klang schwer. »Aber wie konnte er sie lieben, Ari? Sie war ein Kind und Bjarki ein erwachsener Mann. Ich begreife das einfach nicht.«

Darauf wusste auch Ari keine Antwort. Obwohl er die Ermittlungen leitete, fühlte er sich als Zuschauer, der sich diese Tragödie nur hilflos ansehen konnte, der nicht über die nötigen Mittel verfügte, um der armen Frau die Hilfe zu geben, die sie brauchte. Womöglich wäre er jetzt besser gerüstet, wenn er damals das Theologiestudium beendet hätte …

Salvör redete weiter: »Die Verantwortung wollte er nicht übernehmen.«

»Wie meinen Sie das?«

»Für den Tod meiner Tochter. Er hat um Entschuldigung gebeten, immer wieder, für alles Mögliche, aber als ich ihm erklärt habe, dass er für den Selbstmord verantwortlich ist, wollte er das nicht einsehen. Er meinte, da muss schon mehr zusammengekommen sein, eine unterschwellige Angst oder Traurigkeit. Er hat gesagt, er kann nicht die Verantwortung für das tragen, was passiert ist. Dass es ungerecht wäre, wenn man von ihm forderte, dass er das sein Leben lang auf dem Gewissen trägt ...«

»Das sind nur Worte, Salvör. Darauf müssen Sie nichts geben. Sie wissen es besser.«

Wieder schien sie nicht zuzuhören. Sie starrte ins Leere und fuhr fort: »Ist es denn gerecht, wie es *mir* jetzt geht? Dass ich hier allein sitze, in diesem großen Haus, dass er sie mir genommen hat? Ist das gerecht, Ari?«

Er schüttelte den Kopf. »Daran ist natürlich nichts gerecht.«

Er stand auf.

»Ich muss jetzt wirklich los. Sollen wir morgen wieder sprechen? Vielleicht kann ich dann irgendetwas für Sie tun.«

Auch Salvör stand auf, nahm die brennende Kerze in die Hand und sah ihn entschlossen an. »Sie können nicht los, noch nicht.«

Ein Schauder kroch über Aris Rücken.

49

Sie stand so unangenehm dicht vor ihm, dass er unwillkürlich ein paar Schritte zurücktrat. Gleichzeitig warf er einen kurzen Blick über die Schulter, um sicherzugehen, dass er nirgendwo anstieß, was in der Dunkelheit aber schwer zu erkennen war.

»Ich gehe jetzt«, sagte er entschlossen. »Es sei denn, Sie können mir Neues zu der Sache berichten. Haben Sie versäumt, mir irgendetwas zu erzählen?«

»Ja.«

Er wartete ab, sah sie auffordernd an.

»Etwas, das wir noch gründlicher untersuchen sollten?« Wieder beschlich ihn die Sorge, dass ihm ein Fehler unterlaufen war, dass doch jemand das Mädchen gestoßen hatte.

War womöglich Salvör dafür verantwortlich?

Nach wie vor fand er diese Vorstellung abwegig ...

»Kommen Sie mit«, forderte sie ihn ruhig auf und führte ihn aus dem Wohnzimmer den Flur hinunter zum Zimmer ihrer verstorbenen Tochter. Die Kerze in ihrer Hand war die einzige Lichtquelle.

»Was wollen Sie mir sagen, Salvör?«, fragte Ari, obwohl er wusste, dass er am besten einfach abwartete.

Sie blieb stehen. »Ich möchte Ihnen etwas zeigen.« Sie ging weiter, öffnete die Tür zu Unnurs Zimmer und drückte Ari die Kerze in die Hand.

Sie blickte in den Raum, ehe Ari etwas sehen konnte.

»Vergib mir«, sagte sie, und er war nicht sicher, ob sie mit Ari oder mit jemand anderem sprach, im Zweifel sogar mit dem Allmächtigen, an den sie doch nie geglaubt hatte.

»Was vergeben?«, fragte Ari, als er den Raum betrat – um sogleich entsetzt zurückzutaumeln.

»Ist das ... ist das ...?« Er hatte mit allem gerechnet, nur damit nicht. Er überlegte kurz, ob auch er selbst in Gefahr schwebte, und warf wieder einen Blick über die Schulter. Salvör stand in sicherer Entfernung an der Zimmertür, wie erstarrt, den Blick gesenkt, gebrochen.

Vor ihm auf dem Boden lag Bjarki, regungslos, in einer Blutlache. Es sah nicht danach aus, dass er noch lebte, dennoch kniete Ari sich hin und schaute nach. Aus dem Augenwinkel beobachtete er Salvör. Sie rührte sich nicht. Tatsächlich waren bei Bjarki keinerlei Lebenszeichen mehr zu finden.

Ari nahm sein Handy aus der Tasche und rief Ögmundur an, schilderte ihm in aller Kürze die Situation.

»Ich weiß nicht ... ich weiß auch nicht, was da über mich gekommen ist«, sagte Salvör, nachdem Ari aufgelegt hatte. Er drehte sich zu ihr um und beschloss, sie nicht zu unterbrechen, sondern sie einfach reden zu lassen.

Er hatte bis jetzt immer Mitleid mit ihr gehabt, als Leidtragende einer furchtbaren Tragödie, von Traurigkeit und Einsamkeit überwältigt nach dem Tod ihrer Tochter, doch schlagartig war die Situation eine völlig andere. Sein Mitleid war verpufft, und er sah nur noch Gnadenlosigkeit in ihrem Blick, auch wenn das sicher nicht ganz der Wirklichkeit entsprach.

Er wartete und hörte zu. Ögmundur hatte versprochen, sofort herzukommen und auch Arzt und Rettungswagen zu rufen, obwohl für Bjarki jede Hilfe zu spät kam.

»Sie müssen mir glauben, Ari, ich wollte ihn nicht verletzen. Ich wollte nur, dass er einsieht, was er getan hat, dass er begreift, was er angerichtet hat, und dass er Reue zeigt. Nichts davon hätte mir meine Tochter zurückgebracht, das ist mir schon klar, aber es war mir trotzdem wichtig.« Sie machte eine kurze Pause. »Ich war am Ende.«

Diese Beteuerung nahm Ari ihr sofort ab.

»Wie gesagt, er hat sich geweigert, die volle Verantwortung zu übernehmen, hat versucht, sich rauszureden. Da habe ich vorgeschlagen, dass wir uns ihr Zimmer ansehen. Unnurs Kinderzimmer. Ich wollte ihm bewusst machen, dass meine Tochter noch ein Kind war, und da ist plötzlich etwas passiert, Ari.« Sie hielt inne, holte tief Luft. »Bjarki wusste, wo ihr Zimmer ist. Er ist geradewegs zu ihrem Zimmer gelaufen und hat die Tür geöffnet. Da wurde mir klar, dass er schon einmal dort gewesen ist. In dem Moment habe ich rot gesehen.«

50

Spät in der Nacht klopfte Ari wieder an Uglas Tür.

Salvör hatte die Tat gestanden und alles haarklein geschildert. Sie sagte, sie habe die Kontrolle verloren und sich den nächsten Gegenstand gegriffen, eine Kristallvase, die Unnur zur Konfirmation bekommen hatte, und sei damit über Bjarki hergefallen. Wenn es nur ein einziger Schlag gewesen wäre, hätte er vermutlich überlebt, doch Salvör hatte wie eine Verrückte mit der schweren Vase auf ihn eingeschlagen, immer wieder.

In gewisser Weise schien sie Reue zu zeigen, aber andererseits auch nicht.

Möglicherweise bereute sie ihre Kurzschlusshandlung gar nicht, denn sie hatte nichts zu verlieren. Jetzt saß sie in einer kleinen Zelle auf der Polizeiwache von Siglufjörður, direkt neben Hersir. Ögmundur bewachte die beiden.

Es dauerte eine Weile, bis Ugla zur Tür kam.

Sie sah müde aus, Ari hatte sie geweckt, doch sie lächelte.

»Puh, ich konnte nicht länger wach bleiben, habe tief und fest geschlafen«, sagte sie. Ari hatte ihr mehrmals geschrieben, dass es sich verzögern würde, ohne es näher zu erläutern.

»Entschuldige.«

»Ich habe mir Sorgen um dich gemacht.«

»Nein, nein, dazu gab es keinen Grund. Es ist nur ...« Er wusste nicht, wie er die schrecklichen Ereignisse des Abends in Worte fassen sollte. Und eigentlich wollte er auch weder von Bjarki noch von Hersir berichten, nicht jetzt. Das konnte bis morgen warten.

Sie machte einen Schritt auf ihn zu, küsste ihn und sagte: »Erzähl mir später, was passiert ist. Komm.«

Er folgte ihr hinein, schloss leise die Tür hinter sich. Es war eisig in der Wohnung.

»Die Heizungen sind kalt«, sagte sie, als hätte sie seine Gedanken gelesen. »Wir müssen einfach schnell unter die Decke kriechen.«

Er lächelte.

Und auf einmal fühlte er sich zu Hause.

Liebe Leserinnen und Leser,

ich hoffe, es hat Euch gefreut, Ari Þor Arason wiederzutreffen. Ich habe vor über 15 Jahren angefangen, über ihn zu schreiben (und zwischendurch ein paar Jahre Pause gemacht), aber die Geschichte von *Wintersturm* war schon immer in meinem Kopf, und ich wusste, dass ich sie schreiben musste. Die fantastische Unterstützung durch alle meine Leser in den ganzen letzten Jahren war dabei enorm hilfreich.

Ari Þor fand zum ersten Mal 2011 mit *Schneeblind* seinen Weg zu den deutschsprachigen Lesern, und es war die erste ausländische Übersetzung eines meiner Bücher, worauf ich sehr stolz war und was mich ermutigte, weiterzuschreiben.

Die Einwohner von Siglufjörður waren sehr großzügig und haben das Ausmaß an Kriminalität, das in meinen Büchern vorkommt, toleriert, dafür bin ich sehr dankbar.

Meine Eltern, Jónas Ragnarsson und Katrín Guðjónsdóttir, haben ebenfalls bei der Umsetzung geholfen, indem sie die isländischen Korrekturfahnen gelesen haben; und wie immer gebührt Maria großer Dank und meinen Töchtern Kira und Natalia für all ihre Unterstützung.

Meine Freundin Hulda María Stefánsdóttir, Staatsanwältin in Island, ist während der gesamten Serie die gewissenhafte Beraterin von Ari Þor in Bezug auf die Details bei der Polizeiarbeit. Und dann bin ich natürlich meinen großartigen Agenten Monica Gram von der Copenhagen Literature Agency und David Headley von der DHH Literary Agency sehr dankbar. Sie haben meinen Polizeikommissar auf eine wunderbare Reise um die Welt geschickt. Außerdem danke ich all den hervorragenden Übersetzern, die die Serie in über dreißig Länder übersetzt haben, und natürlich meinem wunderbaren deutschen Verlag btb, der sowohl Ari Þor als auch Hulda, meiner anderen Serienfigur, neues Leben eingehaucht hat. Die riesige Resonanz dieser Bücher in Deutschland war eines der größten Abenteuer meiner Karriere.

Und wenn sich jemand persönlich an Ari Þor wenden möchte, dann gibt es dafür, wie schon bisher, eine E-Mail-Adresse: arithorarason@gmail.com

Sehr herzlich,
Ragnar Jónasson

Zur Aussprache der isländischen Namen

Im Isländischen werden die Wörter auf der ersten Silbe betont. Der Buchstabe *r* wird grundsätzlich durch ein hartes Pressen der Zunge gegen den Gaumen gerollt.

Es gibt einige Buchstaben, die im deutschen Alphabet nicht existieren:

ð – entspricht dem englischen stimmhaften »th« wie in »this«. Der Buchstabe wird im Deutschen oft durch ein »d« ersetzt, zum Beispiel bei Ortsnamen, die auf -fjörður enden.

Þ – entspricht dem englischen stimmlosen »th« wie in »thing«

æ – gesprochen wie »ai« in »Kaiser«

Personen- und Ortsnamen
(Die Aussprachehilfen in Anführungszeichen stellen nur ungefähre Annäherungen dar.)

Ari Þór – »Aare Thour« (stimmloses th)
Guðjón – »Gwüthjoun« (stimmhaftes th)
Hávarður – »Hauwarthür« (stimmhaftes th)
Héðinsfjörður – »Hjethensfjörthür« (stimmhafte th)
Jóhann – »Jouhann«
Jónína – »Jounina«
Ólafsfjörður – »Oulafsfjörthür« (stimmhaftes th)
Þormóður Hávarðarson – »Thourmouthür Hauwartharson« (erstes th stimmlos, sonst stimmhaft)
Rósa – »Rousa«
Salvör – »Salwör«
Siglufjörður – »Siglüfjörthür« (stimmhaftes th)
Ugla – »Ügla«
Unnur – »Ünnür«

Die isländische Originalausgabe erschien 2020 unter dem Titel
Vetrarmein im Verlag Veröld, Reykjavík.

Der Verlag behält sich die Verwertung der urheberrechtlich
geschützten Inhalte dieses Werkes für Zwecke des Text- und
Data-Minings nach § 44b UrhG ausdrücklich vor.
Jegliche unbefugte Nutzung ist hiermit ausgeschlossen.

This book has been translated with a financial support from:

ICELANDIC LITERATURE CENTER

Penguin Random House Verlagsgruppe FSC® N001967

1. Auflage
Copyright © der Originalausgabe 2020 Ragnar Jónasson
Copyright © der deutschsprachigen Ausgabe 2024 btb Verlag
in der Penguin Random House Verlagsgruppe GmbH,
Neumarkter Straße 28, 81673 München
Umschlaggestaltung: semper smile, München
Umschlagmotiv: ©Arcangel/Graham Moon, ©shutterstock/sathaporn,
Kseniya Ivashkevich, ©Getty Images/Gem E Piper
Satz: GGP Media GmbH, Pößneck
Druck und Einband: GGP Media GmbH, Pößneck
Printed in Germany
ISBN 978-3-641-28537-1

www.btb-verlag.de
www.facebook.com/penguinbuecher

RAGNAR JÓNASSON
bei btb

Dark-Iceland-Serie

Schneeblind. *Thriller*
Todesnacht. *Thriller*
Blindes Eis. *Thriller*
Totenklippe. *Thriller*
Schneetod. *Thriller*
Wintersturm. *Thriller*

»Jónasson hält immer die hohen Erwartungen – er schreibt überaus atmosphärische Krimis über einen klaustrophobisch kleinen Ort, in dem alles mit allem zusammenhängt.«
The Guardian

»Wie Agatha Christie serviert Jónasson ein ganzes Dorf von Verdächtigen, die alle ein Motiv für ihr Verbrechen haben könnten.«
Washington Post

btb

RAGNAR JÓNASSON
bei btb

Hulda-Serie

DUNKEL. *Thriller*
INSEL. *Thriller*
NEBEL. *Thriller*

»Großartig! Hulda ist eine der großen tragischen Heldinnen zeitgenössischer Kriminalromane.«
Sunday Times

»Ein gelungener, stimmungsvoller Krimi mit überraschenden Wendungen und einer außergewöhnlichen Protagonistin.«
Stern (über DUNKEL)

Hulda-Helgi-Serie

FROST. *Thriller*

RAGNAR JÓNASSON & KATRÍN JAKOBSDÓTTIR

Reykjavík. *Thriller*

btb